「まずは、お仕置きだな。
それから俺に手間をかけさせたお詫びをたっぷりとな」

ターゲット！

Target!

橘かおる

Illustration

海老原由里

リーフノベルズ

この物語はフィクションであり、実在の人物・団体・事件等とは、いっさい関係ありません。

ターゲット!

目の前を横切って落ちてくるそれに、条件反射のように手を伸ばしていた。

動体視力の発達した彼が過たず広げた掌《てのひら》にぽとんと落ちたのは、ビニール袋に包まれた柔《やわ》らかな感触のものだった。

四天寺洋介《してんじようすけ》は、手を上げてまじまじとそれを見つめた。

新月の仄《ほの》かな明かりの中でも、それがごく普通のアンパンだということは見てとれた。

アンパン。

洋介は口の中で呟《つぶや》いてみる。

極寒の二月、粉雪が寒風に舞う、凍《い》てつくような深夜である。両脇を高い塀《へい》に囲まれた狭い通路で、空からアンパンが降ってくる理由など、咄嗟《とっさ》に思いつかない。

しかし立ち尽《つ》くしたまま、呆《ほう》けたように思考を飛ばしたのはほんの一瞬。コンピュータと変わらないと周囲が評価する頭脳が、状況を解析し素早く結論を出す。ダサい黒縁眼鏡と、すだれのような前髪で隠されている理知的で鋭い視線が、サーチライトのようにさっと塀の上を撫《な》でる。

案の定、一方の塀の上に黒々とした塊《かたまり》を見出した。視力は裸眼で二・〇、夜目もきく。蹲《うずくま》っているのが人間だとはすぐにわかった。

「誰だ」

静かに問いかけた。

平安堂
んパン

怒声と詰問と荒っぽい捜索《そうさく》のあとで、ようやくひとりが慌てたように全員の動きを止めた。

「やめろ、こいつは男だ」

捻《ひね》り上げられていた腕はさっと拘束を解《と》かれ、押し寄せた人影は潮が引くように路地から消えていった。洋介の前に残ったのは三人。その中のひとりが、

「すみませんでしたね。賊《ぞく》を追っていて皆気がたっていたものですから」

おもむろに詫《わ》びを入れてきた。洋介の今夜のキャラクターは、気の弱い冴《さ》えない男。それに見合ったおどおどした声で、一応の抗議《こうぎ》をする。

「ぼ、僕は歩いていただけなのに、こんなひどい……」

着込んでいたコートは脱がされ、シャツのボタンはいくつか飛んでいる。黒縁の眼鏡は今にも鼻から落ちそうな危《あや》うさで引っ掛かっていた。それを指で押し上げながらぼそぼそと抗議するのだが、迫力はまったくなく、呟く声は一向に抗議には聞こえなかった。しかも、途中で盛大なくしゃみが飛び出し、あとの言葉はどこかへ消えてしまった。

「ところで」

洋介の態度ですっかり侮《あなど》ってしまったのだろう、口先だけで謝《あやま》ったあとは、怪《あや》しい人物を見なかったかとか、どっちへ行ったか知らないか、など高圧的な態度で尋《たず》ねてきた。

「塀の上をあっちに……」

ごまかしてやる義理もなかったが、相手の不遜《ふそん》な態度に内心むかついていたので、実際の方角より、九十度ずらした位置を指差した。

「協力に感謝します」

おざなりな礼の言葉を残して、三人は携帯で連絡を取り合いながら走り去っていった。

彼らの姿が完全に見えなくなったところで、洋介は猫背気味に丸めていた背筋をすっと伸ばした。姿勢を正せば、百八十センチを少し超える長身である。眼鏡を額の方に押しやって、邪魔な前髪をそれで掻《か》き上げた。すだれのように顔を隠していた髪がなくなると、すっきりと整った男らしい面《おもて》があらわになる。知性を湛《たた》えた切れ長の瞳は考え込むように、賊だという人影が消えていった塀の向こうに向けられていた。

高い鼻梁《びりょう》の下に、冷静な性格を表す薄い唇がある。その唇がふいに微笑の形に吊《つ》り上がった。

「面白い」

呟きながら、地面に投げ捨てられ、踏みつけにされていたコートを拾い上げる。軽く払って汚れを落とし、ポケットに突っ込んだままのアンパンを取り出した。踏まれてぺちゃんこになっていたそれを改めて見た途端、微笑が苦笑に変わった。

「つまりこれが、シンデレラの靴代わりというわけか。さて、どうやってシンデレラを捜し出すかな」

二、三度ぽんぽんと掌で弾《はず》ませながら、洋介は歩きだした。
眼鏡を鼻の上にかけ直し、元のように猫背気味に身体を丸めて明るい通りに向かう。ぱっと見ただけでは、洋介の長身や、鍛《きた》えられた体躯はわからない。陰気そうなオタクっぽい男が歩いているだけだ。

大通りに出ると、深夜にもかかわらず、あたりは騒然とした雰囲気が漂《ただよ》っていた。パトカーや警備会社の車がせわしく行き来し、ちょうど真向かいに見える豪邸へひっきりなしにひとが出入りしている。

騒ぎに誘われて出てきたのか、結構な見物人がたむろしていた。座り込んで見物する者さえいる。洋介はその間をゆっくりと歩きながら、交わされる言葉に耳を澄《す》ませる。どうやら巷《ちまた》で有名な盗賊が、今宵《こよい》その家に忍び込んで、有名なブルーサファイアを盗み出したらしい。

「いつも『冬』ってカードを残していくから、ウィンターとか、レディウィンターとか呼ばれているやつだよ。手口がスマートだから、一部にはファンなんかもいるってさ」

「可愛い女の子だってよ。一度会ってみたいよな」

髪を赤や黄色に染めて、道路わきに座り込んでいる彼らは、騒ぎが起こって退屈な日常が吹っ飛んだのを面白がっているようだ。

確かに。洋介は密《ひそ》かに頷《うなず》く。可愛い、かもしれないな。

間近で見たその盗賊を思い浮かべて、その形容詞に偽《いつわ》りはないと首肯《しゅこう》する。

もっとも、「女の子」には異論があるが……。

洋介はポケットに突っ込んだままの手でアンパンを突つきながら、見えない位置でにやりと唇を歪《ゆが》める。

「しっかし、よく忍び込んだよなあ。ここんち、ドーベルマンは飼《か》ってるし、警備員は何人もいるし、塀には電流が通っているという噂《うわさ》だぜ」

「悪いことをして貯《た》め込んだ金だから、どんだけ警戒しても足りないってやつだろうな」

世間様はよく見ている。

通り過ぎながら、洋介はほくそ笑んだ。この豪邸に住む偏屈《へんくつ》な年寄りは、強欲な土地成金として知られていた。バブルのころは悪質な地上げ屋として名を馳《は》せ、その筋とも裏で繋《つな》がっているらしい。証拠がないと警察は手が出せないが、悪徳業者の噂はいつのまにか世間に知られてしまっていた。

今回盗まれたブルーサファイアにしても、盗んだ方を誉《ほ》める言葉ばかりが聞こえてくる。

ゆっくりと通り抜けてだいたいの状況を掴《つか》むと、洋介は駐車場に停めてあった自分の車に戻った。今夜の目的は別のところにあったが、このアンパンの方が面白そうだ。

昼間はS大学で助手などという職業についている二十六歳の彼は、夜、時々泥棒になる。

きっかけは曽祖父に頼まれた、ばらばらになったブレスレット捜しだったが、最近では興味をそそられるほかの事案にも食旨が動くようになった。じっくりと時間をかけて調べ、最小限の手間でお宝を手に入れる主義の洋介だから、同業者に先を越されることもある。が、一度は目をつけながら、到底無理だろうと判断して保留中であったあの豪邸へ、見事に忍び込んだ手口が癪《しゃく》に障《さわ》った。忍び込むときに障害として認識されるあれこれを、あのウィンターとやらはどうやってクリアしたのか。その秘密が知りたい。もちろん本人への興味が、一番ではあるが。

宿舎へ帰りながらも、アンパンに象徴される非日常のひとこまを思い出すたびに、知らず笑みが浮かぶ洋介だった。

「痛っ」

固まった血で張りついた着衣を肩から剥《は》がしながら、桐生美智也《きりゅうみちや》は思わず声を漏《も》らしていた。

まさか、あんなところで狙撃されるとは思わなかった。消音装置《サイレンサー》のついた銃は周囲の注意を引くことなく、もう少しで美智也の生涯を今夜限りで終わらせてくれるところだった。しかもそれでバランスを崩《くず》し、飛び移った枝で肩を引っ掻かれ傷口を広げてしまったのだ。

「まったく、冗談じゃないぜ」

長い髪がうっとうしくて、美智也は乱暴に鬘を外した。座り込んだ隣にそれを投げ捨てて、消毒液に手を伸ばす。ガーゼにたっぷり染み込ませて弾丸が掠《かす》った痕《あと》に押し当てる。

「く～、染みる～」

眉《まゆ》を顰《しか》め、歯を食い縛《しば》りながら傷の手当てを続けた。

外から覗く者がいたら、珍妙なその格好《かっこう》に目をむいたことだろう。綺麗に化粧した美少女が、あぐらをかいて片肌脱ぎになっているのだ。だらりと垂《た》れたブラが、ぺしゃんこの胸のそばで揺れている。肩紐《かたひも》は銃弾で千切れて使いものにならない。

掠っただけだから、消毒するくらいで済んでいる。美智也は一通りの手当てを終えると、中途半端に纏《まと》っていた服を脱ぎ捨てた。細身だが、綺麗に筋肉のついた上半身があらわになる。肩の傷を気にしながらバスルームに向かい、化粧した顔をクレンジングで洗い流す。スパッツと下着を脱ぎ捨てて軽くシャワーを浴びた。肩に湯がかからないように慎重にノズルを操《あやつ》る。

銃弾が掠めたとき全身に噴出した冷や汗を綺麗に洗い流して、バスタオルを腰に巻きつけながらバスルームを出た。脱ぎ捨てた衣類を纏めてごみ袋に詰める。転がっていたアンパンの片割れを拾い上げて、これもごみ箱に捨てようとして気が変わった。

ぴっと袋を破って中身を取り出すと、罪のないアンパンにかぶりついた。

半分くらい齧《かじ》ったあとで、美智也は深いため息をついてまじまじと食べかけのアンパンを見つめた。

「やっぱり、まずいよなあ」

ばっちり目も合っちゃったし、とあとを続ける。

「どこのどいつだったんだろう。もしかして、オレが男だってばれたかも」

残りのアンパンをもそもそと食べ終わったあとで、袋をごみと一緒にしてきゅっと口を縛った。

盗みは成功したものの、そのあとは手違いばかりで怪我まで負ってしまったのは非常に不本意だ。

平和な日本で銃なんか振り回すなよ、とひとり悪態をつく。

美智也は、コタツ台の上に無造作《むぞうさ》に転がしてある宝石に手を伸ばした。インドの仏像から外されたといういわく付きのサファイアだ。しばらく掌で弄《もてあそ》んでから、傷がつかないよう山羊皮《やぎがわ》で裏打ちしてある小さな袋にしまった。

あとはこれを、いつものように宅急便で『鈴木《すずき》』宛《あて》に発送してしまえば、仕事は終わりだ。

すでに肩の血は止まっていたが、用心のためにガーゼをテープで留めてから、美智也はパジャマに着替えた。明日は、いや今日はまた専門学校での授業が待っている。居眠りでもしたら、厭味《いやみ》な講師に、やる気がないのかとどやされる羽目《はめ》になる。少しでも眠っておこうと、ごそごそとベッドに潜《もぐ》り込んだ。十九歳の真面目な専門学校生である美智也は、趣味で泥棒をやってはいても、未来の夢に向けて努力する若者でもあるのだ。

年と身分に相応の1LDKの部屋で、美智也はゆっくりと目を閉じた。

『鈴木』からのメールが届いたのは、三日後のことだった。

いつものようにまずブツ到着の報告があり、続いてねぎらいの言葉。いくつかの福祉施設へ寄付した領収書のデジカメ写真、美智也名義の口座への振込金明細、そして新たな依頼がそのあとに続いていた。

「やけに早いな」

美智也は首を傾《かし》げながら、添付ファイルで送られてきたその内容に目を通した。

脱税の噂が囁《ささや》かれている、某代議士の自宅に秘蔵されている一通のラブレター、それが今回のターゲットだった。明治の文豪が密かに愛した女性に送ったそれは、格調高い文章と切ない恋心が綴《つづ》られた名文で、自筆の本物には億単位の値がついている。恋人の子孫が悪徳業者に騙《だま》し取られ、その文豪のファンを自称している代議士の手に渡ったものだという。実は代議士自身が手を回したというのが真相らしい。

『鈴木』のメールには代議士宅の見取り図、防犯設備などが詳しく書き込まれていて、契約した警備会社から派遣されたガードマンの巡回時間までが記載されていた。

これだけの情報を、『鈴木』がいったいどうやって調達するのか、美智也は知らない。そもそも『鈴木』が本名なのかどうか、どこの誰かということすら知らないのだ。今は瀬戸内海沿岸の温暖な地域で悠々自適の隠居生活をしている祖父が、信頼できる仲介者として紹介してくれたのが『鈴木』だった。メールアドレスと宅急便の宛先だけが、美智也の知っているすべてだ。

依頼内容はさまざまだ。宝石や貴金属のときもあるし、今回のように手紙とか、あるいは強請《ゆす》られるネタになった写真とか。美智也はひとりで行動するので、あまりかさばるブツの依頼はない。盗むといっても、祖父のような義賊《ぎぞく》が目標の美智也は、半ば人助けのような依頼しか受けない。その信頼が裏切られたことはないので、『鈴木』の依頼は安心して受けることができた。先日のサファイアも、依頼者は本来の持ち主で、密かにだが正義が果たされたことになる。

それにしてもほんの数日しか経過しないのに次の依頼がくるのは、珍《めずら》しかった。受けるかどうかを保留して、まず自分の身体をチェックする。負傷した肩が気になる。不具合で肝心なときにどじを踏むようでは、仕事は受けられない。

近くのスポーツクラブに行き、フィットネスマシンで体調を確かめた。ピリッとした痛みは走っても、強張《こわば》るほどではない。鉄棒を何度か試《ため》して、大丈夫だと確信した。

となれば、あとは自分なりの調査と計画の立案だ。いくら『鈴木』のメールが正確でも、実際に歩いて情報を吟味《ぎんみ》し、自分で調べられることは調べる必要があった。事前準備は、失敗しないための最低条件だ。

その週の日曜日、美智也は前回の盗みが終わったときに捨ててしまった衣装の代わりを買いに、街中に出てきていた。仕事の際女装すると決めたのは、単純に目晦《めくら》ましのつもりだったが、捜査を攪乱《かくらん》するには非常にうまい手だったと今では思っている。

身長百六十七センチの美智也は、睫《まつげ》が長くパッチリした二重の瞳が印象的な顔をしている。華奢《きゃしゃ》で優美につんと尖った鼻や、紅をささなくてもくっきりと赤い小さな唇は、幼いころからあまり変わらず、うんざりするほど可愛いと言われ続けていた。高校を出るころには、意識して鋭くした目つきのせいで女に間違えられることはなくなっていたが、嫌な経験だったそれが役に立つことがあろうとは思いもしなかった。

盗みの世界に手を染めると決めたとき、一番憂慮《ゆうりょ》したのは逮捕されて正体を暴かれることだった。両親は海外勤務であまり日本にはいないし、ほとんど祖父母に育てられたような美智也だったが、それでも親たちは息子が泥棒として逮捕されたと聞いたら悲しむだろうし、その道に入ることを黙認した祖父母を責《せ》めるだろう。だったら盗みなどしなければいいようなものだが、昔怪盗として一世を風靡《ふうび》したという祖父の自慢話を聞いているうちに、むくむくと負けじ魂がわき上がってきてしまったのだ。

祖父が自慢の技術を孫に教え込んだのは、別に美智也を泥棒にしようとしてのことではなかったので、突然その道に入りたいと言いだした孫には心底困惑したらしい。祖父はただ、孫に自分を尊敬してほしかっただけなのだ。

決心の固い美智也に根負けした祖父が繋ぎをつけてくれたのが『鈴木』で、そのさい捕まりたくなければ常にひとの裏をかけとアドバイスしてくれたのが、女装するきっかけとなった。体型のごまかせる冬場だけ活動する、化粧したら誰も男とは見破られない可憐《かれん》な顔立ちの、怪盗レディウィンターの誕生である。

けっ、レディウィンターだって。

遊び心で、『冬』というカードを残したら、いつのまにかそんなふたつ名がついてしまった。その正体が男で、真面目に勉学に勤《いそ》しむ専門学校生だなんて、誰も思わないだろう。

上着は必ずリバーシブルで腰のあたりまであるゆったりサイズ、スパッツは動きの邪魔にならないぴったりサイズ。色は黒ではなくて、濃《こ》いこげ茶色。黒は夜の闇の中でも、意外に目立つ色なのだ。

ユニセックスの時代だから、美智也が一見女性物に見える服を買っても誰の注意も引かない。手早く買い物を済ませて、近くの喫茶店に入った。

実はこうして行動を起こしていても、今回の依頼に美智也は二の足を踏んでいる。どうも違和感があるのだ。依頼にはいつも過不足なく資料が添付されていたが、防犯カメラとダミーカメラの区別までついているのは初めてだった。セキュリティシステムを構築する際、見掛けはそっくりでも中身のないダミーカメラをうまく散りばめて利用するのだとは知っていたが、これまではすべてのカメラを要注意として記載してあったのだ。さらに植木の位置、赤外線探知機の有効範囲まで。

　高校までずっと体操をやっていた美智也は、身の軽さと柔軟性を利用して、空から侵入する手口で盗みを成功させていた。地上の防犯カメラはあまり考慮しなくてよかったし、手口を知っている『鈴木』も、地上部分は大雑把《おおざっぱ》に記載してくることが多かった。そこが、どうも引っ掛かる。

　ただ興味をそそられているのも確かで、地上の障害物がこれほどはっきり記載されているなら、いつもと違った手順を考えてもいいなと思うほどには、気持ちが動いている。いまいち不安を残しながらも今夜代議士宅を下見したあとで、決心がついたら承諾のメールを入れることにしていた。

「何か引っ掛かると思ったときは、潜在意識が警報を出しているのだから、決して無視してはいけない」

　と、祖父にくれぐれも戒《いまし》められていたのだが。


　決行当日の昼間、先日の下見のときと変わったことがないか代議士宅を一周し、背の高い植木や、周辺の道路にある電信柱をもう一度確認する。門は表と裏に一カ所ずつ。高い塀がぐるりと周りを取り巻いている。

　忍び込む手順を考えながら、同時に逃げ道のめども立てておく。そのあと帰宅して、時間まで仮眠して過ごした。

目覚ましが鳴《な》る。寝起きのいい美智也は一発でパッチリと目を見開いた。

起き上がって顔を洗い、口をゆすいだ。ジーンズとセーターを着込み、ダッフルコートを手にして部屋を出た。必要な荷物は紙袋に突っ込んである。

電車に乗って目的地へ向かった。

下町の薄汚れたアパートを一部屋、仕事のために借りていた。ほかにももう二カ所、逃げ込む場所が確保してある。正式に借りたところではなかったり、廃屋のようなところだったりするのだが、これまでのところ、そこまで捜査の手が伸びてくるようなへまはしていない。

人目がないことを確認してから、素早くアパートに滑《すべ》り込んだ。用意していた服に着替え、軽くメイクアップする。リップグロスを塗《ぬ》り終えて、ティッシュで口角を押さえた。鏡を覗き込むと可愛い女の子が、じっとこちらを見返している。これなら至近距離で見ても、男だとはわからないのではないか。

美智也が気にしているのは、先夜出会った男である。肩をやられ、はだけた胸からアンパンが転がり落ちた。それをキャッチした男が、探るようにこちらを見ていたのが脳裏を離れない。

ダサい眼鏡をかけていた。うっとうしい前髪が顔の造作をわからなくしていたが、その中にあって一瞬見つめ合った目は、意外に鋭いものを秘めていたように感じたのだ。ぞくりと背筋に

悪寒が走ったのを、今さらながら思い出す。

一度大きく深呼吸して、よけいな思いを振り切った。集中しなければ、失敗する。

自分に言い聞かせるようにして、大きく窓を開けた。

道具が揃《そろ》っていることを確認してから、その中のひとつを取り出す。釣り糸が巻き込まれたリールのようなものだ。もちろんただの釣り糸ではなく特殊な加工で強靭《きょうじん》にしてあるそれの先端には、美智也の用途によって錘《おもり》や鍵爪がつけられるようになっていた。

美智也はあたりに人通りのないことを確認して、おもむろに腕を振りかぶった。しゅっと鋭い音とともに糸が伸びていく。今は錘をつけられているその先端は、目をつけていた手すりに巻きつき、通りを横切る形で細い糸が渡された。大人の体重五人分は優に支えられるそれを二、三度引いて、しっかり絡《から》みついていることを確かめた。あとは実行あるのみ。弾みをつけて窓から飛び出した美智也は、糸が渡された部屋の外のベランダにトンと軽く降り立った。それを何度か繰《く》り返して、一度も地上に戻ることなく目的の家の近くにたどり着く。

さて、これからが本番だ。今回屋敷の外側には、飛ぶのに都合のよい木はない。その代わり電信柱が、おあつらえ向きにのっそり突っ立っている。その電信柱の、ひとの視線に入らない高さに向けて糸を飛ばす。

高圧電流が流れている電線を慎重に避けながら、身体の位置を変え、叩き込んでおいた目的地の見取り図を頭の中で再現する。侵入口と目星をつけておいたあたりを、じっくりと眺《なが》めた。警備会社の車が外を巡回し、警備員が庭を回るのも観察した。時間どおりだ。

センサーの位置を脳裏に描きながら、屋根の破風に糸を飛ばそうとしたとき、美智也ははっと身を強張らせた。電信柱の根元に人影を見つけたのだ。先の方へばかり注意がいっていて、足元への目配りがおろそかになっていた。街灯の仄《ほの》かな明かりの中、どうも相手がこちらを見上げているように見える。美智也は身動きひとつせず、息も殺して相手の次の動きを待った。こんな深夜、警備員でもない人間がいるだけでもおかしいのだ。気づかれたのか。

しばらくして、相手が身動《みじろ》ぎした。位置がずれたので全身が見て取れる。杖を手にしているところを見ると、かなりの年配者らしい。腰を伸ばして見上げている老人は、結構背が高い。どうすべきか、次の行動を考えている間に、老人は顔を元に戻し、おもむろに杖を突きながら歩き始めた。

美智也は、ほっとため息をつく。歩みはのたのたしていても、相手は少しずつ遠ざかっていく。行き詰まるような数分のあと、美智也がもう大丈夫と警戒を解こうとした瞬間、離れた位置までたどり着いた老人が、なぜか急にこちらを見上げてきた。街灯の明《あ》かりで僅かに見える顔が笑っている。

もしかして、最初からこちらに気づいていたのか？　美智也は緊張でごくりと喉《のど》を鳴らした。

老人の次のリアクションを、固唾《かたず》をのんで待ち受ける。だが、そのまま老人は何の動作も起こさず、ゆっくりと離れていってしまった。

どうやら、取り越し苦労だったらしい。

老人の姿が角を曲がって完全に見えなくなってから、美智也は張り詰めていた全身の力を抜いた。それから改めて、手にしていた糸の端を掴んで軽く扱《しご》いた。頭の上で二、三度振り回してから勢いをつけて目的の破風に飛ばした。目を凝らしても見えない空中の通路が確保された。

ここを離れたら秒刻みで行動しなければならない。一瞬の油断がしくじりに繋がる。ひとつ大きく深呼吸してから、美智也はぴんと張られた細い糸に手を伸ばした。次の瞬間、彼の身体は宙を滑って目的の家の屋根に到達していた。

そのまま屋根からベランダに滑り下りる。ガラス戸は呆れたことに普通の板ガラスで、これほどの防犯設備を整えているのなら、こんなところで手を抜くなと、美智也は悪態をついてしまった。しかも鍵は簡単に解錠できるクレセントで、ワンドアツーロックの基本さえ守られていない。

こんなんじゃあ、高度なテクニックの見せ場がないじゃないか。

舌打ちしながらも造作なくロックを外し、するっと室内に潜り込んだ。手紙は書斎にあるはずだ。この部屋のふたつ先。個人の住宅では防犯設備の盲点のひとつに、忍び込んでしまったらこっちの勝ちというのがある。普通の住宅は侵入を防ぐのが主眼だから、庭や玄関や窓には、カメラ・センサー・ブザーなどを適宜《てきぎ》配置してあるが、中に入り込んだ賊への対処は、頑丈《がんじょう》な金庫くらいしかない。もちろん金庫の周りにはなんらかの防犯装置が仕掛けてあるだろうが、今夜の美智也は金庫には用がない。

これが美術館や宝石店などだと、廊下や店内にも赤外線探知機、屋内用の防犯カメラ、警報機などが仕掛けられていたりするが、一般家庭であるここは、警備会社との契約と常駐《じょうちゅう》する警備員だけで安心しきってしまっているようだ。

こっちには、好都合だけどな。

あまりに簡単なヤマに、少しがっかりしながらも美智也はほくそ笑む。

寝静まった廊下を足音もたてずに通り過ぎ、細心の注意を払って書斎のドアを開けた。

「やあ、こんばんは」

かけられた声に、硬直した。さーっと血の気が引いていく音が、マジで聞こえた。

どっしりしたマホガニー製だと思える机の前に据《す》えられた革張りの椅子に、誰かが腰を下ろしている。足を組み頬杖をついて、いかにも待ち侘《わ》びていたという風情だ。

「誰だ、あんた」

ごくりと喉を鳴らし、ようやく声を振り絞《しぼ》った。自分でも情けないほど掠《かす》れた声しか出てこない。闇の中の大きな黒い影は、じっとこちらを見ているようだった。美智也の問いに、肩を震《ふる》わせてくっくっと笑い声を漏らす。

「それは、こっちのせりふだと思うが」

「……くっ」

当然の指摘に、美智也は唇を噛《か》む。

「まあ、自己紹介はしてもらわなくても、その格好だけでわかるが。レディウィンター。噂どおり、なかなかキュートだね。明るいところに来てくれれば、もっと凄《すご》い誉《ほ》め言葉も聞かせてあげられるのだが」

「罠《わな》、だったのか」

歯軋《はぎし》りしながら呟くと、椅子の男はゆっくりと立ち上がった。

「とは、ちょっと違うな。俺も忍び込んだ口でね」

手元の照明を操作して、豆球を点《とも》す。それでも、闇に慣《な》れた目には眩《まぶ》しいほどだ。

「レディウィンター、などとふたつ名をもらうような立派な泥棒とは違う、チンケな野郎だ」

仄かな明かりに男の姿が浮かび上がる。身長は百八十を超えていそうだ。がっしりした身体が、ぴったり張りついたシャツから透けて見える。顔の造作は、大きなサングラスを掛けているのでわからない。突き出した鼻と、薄い唇だけがかろうじて見て取れる。

「暗闇で、サングラスか」

美智也は、男が喋《しゃべ》る間に落ち着きを取り戻していた。それでは何も見えないだろうと嘲《あざけ》って男の注意を逸《そ》らし、その間に素早く周囲に目を走らせて退路を確保しようと考えた。

「あいにく視力には不自由していない。動くな！」

横に動こうとした美智也は機先を制されて、ぎくりと固まった。

「逃げたら、アラームを鳴らすぜ。死人も飛び起きそうな騒音らしいから、家人は飛び起きるだろうし、大騒ぎになるだろうな」

男は嘯《うそぶ》いて、片方の手を机の下の方に潜らせる。そのあたりにボタンでもあるようだ。

「どうしろというんだ」

「ふむ。レディという名がつくにしては、喋り方がいささか下品だな」

男はもったいぶって顎《あご》を撫でた。

「余計なお世話だ」

「言葉も乱暴だ」

今度は美智也も返事をせず、ぎらっと殺気のこもった目で睨《にら》むだけにした。どうやら相手が、自分の反応を楽しんでいるらしいことがわかったからだ。冗談じゃない。

立ち上がった男はゆっくり机を回って、こちら側へやってきた。意図が読めないまま、美智也は男が近づいたぶん、数歩下がる。

「お、警戒しているね」

楽しそうに笑うのが、ますます美智也の警戒心を掻き立てる。男は腰をかがめて机の横に立てかけてあったステッキを取る。

ステッキ？　杖……。

何かが心に引っ掛かる。目を凝らすようにして、ステッキを弄ぶ男を見つめた。

腰を曲げて、杖を突きながら歩いていった老人の姿が蘇《よみがえ》る。自分が潜んでいた電信柱の真下で佇《たたず》み、不審な動きを見せた老人。それが老人ではなく彼だったとすれば、こちらの動きを見切って先回りして忍び込んで待っていたのだとしたら……。

美智也はステッキから視線を外し、ゆっくりと男を見上げた。相手を睨みながら考える。男の意図はなんだ。単純に自分を捕まえるのが目的ではなさそうだ。警備員の次の巡回時間までどれくらい余裕があるか、逃げ道をどう確保するか。相手の出方をうかがいながら美智也の頭脳はフル回転している。

それにしてもあそこで出会ったのが偶然でないとしたら、この男は自分が今夜ここに忍び込むことまで知っていて先回りしていたことになる。もしかして、最初から情報がリークされていたのか？　つまり、『鈴木』が裏切った？　まさか。

「手紙はここにあるよ。これは間違いなく本物の依頼だからね」

男は美智也の表情を掠めるさまざまな感情の揺れを察しているのか、本当に楽しそうに唇を歪めている。差し出された手の先に手紙があるのを見て、美智也は腹を括《くく》った。いまだに警報を出さないところをみると、男には男なりの理由があってここにいるのだろう。それを聞くまで解放してもらえそうもない。

「それが、欲しい。条件があるなら、聞こう」

「ほう……」

男は感心したように声を漏らした。

「潔《いさぎよ》くっていいねえ。女の子にしとくのは惜しいなあ」

そこを突かれると、どうしても動揺が走る。ばれているのかと疑心暗鬼に陥《おちい》りかけて、美智也は唇をぎゅっと噛んだ。

落ち着け。男の手に落ちるぞ。

「……条件は？」

挑発に乗らないよう自分の心を戒めながら、美智也は感情を抑えた低い声でもう一度尋ねた。

「なんでも聞いてくれるのなら……」

男は腕組みをして机の角に凭《もた》れながら、ひとの悪い笑みを浮かべている。

「抱かせて」

「ハ？」

ダカセテって何？

一瞬言葉の意味がわからず、せりふがカタカナになってしまった。

「いや、抱きごこちよさそうだから、抱かせて。それが条件」

固まってしまった美智也に、男は手の中の手紙をひらひらと振る。

「これとの交換条件」

「ばかにするな！」

怒鳴って身を翻《ひるがえ》し、入ったところから飛び出そうとして、腕を掴まれた。愕然と男を見上げる。

身の軽さと動作の俊敏《しゅんびん》さには自信があった。この男はその上をいく？

「ばかはおまえだ。忍び込むときの慎重さはどこに行ったんだ。ここは無人の屋敷じゃないんだぞ。そんな乱暴にドアを開けて、家人に気づかれたらどうするんだ」

声を潜めた、しかし厳しい声で叱咤《しった》されて、のぼせ上がった血が瞬時に冷えた。廊下の端の方で、ひとの気配がする。忍び込んだのを悟《さと》られたのか。

男の胸にすっぽり埋まった体勢のまま、美智也は固まって外の気配をうかがった。男も美智也の頭上で息を潜めている。少なくともふたりの足音が近づいてくる。どうやらこの書斎を目指しているらしい。

時間がない。窓から?

美智也は身動ぎして、拘束している男を振り仰いだ。いったん視線を合わせてから、目を逸らし、後ろの窓を示す。正確にその意図を読み取った男が、微《かす》かに首を振る。

では?

目だけで問う美智也に、男は待てとコンタクトを返した。抱えていた美智也から手を放し、後ろ手に豆球のスイッチを切った。部屋は瞬時に闇に沈む。

咄嗟に瞼《まぶた》を閉じたので、目が闇に慣れるまで時間はかからなかった。男は闇の中で美智也の手を探り取ると、そっと引いて左側にある本棚の前に立つ。迷いもせず三段目の本を数冊抜き取り、腕を突っ込んだ。カチッと音がして、美智也は静まり返った中で響いたその音に、危うく飛び上がるところだった。

危機が迫っているというのに、無謀にも音を立てる男に文句を言おうとして、ぐっと唇を噛んだ。今口を開くのは、それこそ自分の首を絞める行為だ。美智也は背後のドアに不安げな視線を投げ、別々に逃げた方が安全かもしれないと、男に提案しようと振り向いた途端、目の前の穴にぽかんと口を開けた。

目を離したのは瞬《まばた》きする間、その前はここは本棚だったはず。視線を動かすと、本棚は綺麗に真横に移動している。つまり隠し扉の役割をしていたわけだ。黒々とした穴から、ひやりとした風が吹き込んできた。男が握《にぎ》っていた美智也の腕を引っ張る。促されるままに穴に身を滑り込ませた。潜り込んだ背後で本棚がスライドし、入り口を閉ざす。

一段低くなった隠れ場所は、かなり狭く、美智也は不本意ながら男と身体を密着させた状態で気配を殺していた。耳元に触れる男の息が、やけに気に障る。こんなときだというのに、じわりと体温が上がった。それから意識を逸らそうと、美智也は目を凝らして書斎のようすをうかがう。

本棚の裏側に何カ所か開けられた穴から、書斎のようすが見て取れるのだ。

ふたりが滑り込んで空間が閉じられた数秒後、書斎のドアが大きく開けられ、廊下の明かりがぱっと差し込んできた。入ってきたのはふたり。雇われている警備員だろう。室内の電気をつけ、中に踏み込んでくる。広い室内を隅々まで確かめて、何も潜んでいないことを確認している。

「おかしいなあ……」

ひとりがぼやくのが聞こえた。

「だから、おまえの勘違いだと言ったろ」

もうひとりが、うんざりしているような口調で咎《とが》める。

「でも、ちょうどここの下を見回っているとき、ふっと明かりがついたんだ。家人なら部屋全体の明かりをつけるだろうに、デスクがあるあたりだけの、ほんのちっぽけな明かりだったからこれは怪しいと思って」

「もう気が済んだろ。おまえの気のせいだって」

「うーん」

ひとりはまだ納得しきれないように唸《うな》っていたが、もうひとりに促されて、しぶしぶ書斎を出て行った。

電気が消され、あたりは真の闇に戻る。

「おい……」

もう大丈夫だとほっとして、自分を抱え込む男の腕の強さに今さらながら気がついた美智也が文句を言おうとした途端、ぱっと男の手が唇に被さってきて言葉を封じられた。

もがこうとした身体を難なく押さえ込まれて、美智也は彼我《ひが》の体格の差に歯軋りした。それでも負けまいと手を伸ばして男の腕に爪を立てようとした瞬間、書斎のドアが大きく開けられて身体が凍りついた。

砂粒が落ちても聞こえるほどの静寂の中では、強張った喉をごくりと鳴らす音さえ轟音のようだ。息詰まるような数秒が過ぎ、再びパタンと音がして書斎のドアが閉められた。

「ばか。忍び込んだ先では、一瞬たりとも気を緩《ゆる》めるな」

耳元で吐息交じりに愚痴《ぐち》られる。美智也の心臓は早鐘のように鳴り、全身に冷や汗が噴出していた。

危なかった。今のはマジでやばかった。初心者でも引っ掛からないトリックに引っ掛かった自分が、情けなかった。この男は、自分の中にあるとも思わなかった子供っぽい反発心を、やけに簡単に引き摺《ず》り出してくれる。忍び込んでいながら、こんなに簡単に警戒心を吹っ飛ばすなど、かつてなかったことだ。さもなくば、もっと早くに捕まっていただろう。レディウィンターなどとふたつ名がつく前に。

いつもの自分と違う行動を取ってしまうのは、すべてこの後ろにひっついている男のせいだ。

美智也は拘束されて身動きつかない身体の代わりに、尖らせた視線で男を睨みつけた。

「お、いいねえ。その目。俺はどっちかっていうとじゃじゃ馬が好みなんだ」

「誰が、じゃじゃ馬だ」

奥歯を軋らせながら、唸るように声を出す。

「いけないなあ、女の子はもっと優しく素直でなくちゃ」

チッチッと指を振りながら、男は楽しそうに耳元で囁く。そしてわざとのように、ふっと息を吹きかけてくるのだ。

「よせ！」

美智也が咎めても、しらっとしている。

「よせって、何を？」

「耳元でごちゃごちゃ言うのをだ！」

美智也は、声を潜めながら怒鳴りつけた。

「おいおい、それが助けてくれた恩人に向ける言葉か？」

「誰が、助けてくれと言った。ほっといてくれても、ちゃんと自分で逃げられたんだ」

「ほう。あの状態で、どうやって、どこへ？」

「窓から……」

「鍵、かかっているぜ。それにこの窓だけはセンサーがセットしてあって、うかつに触れるとブザーが鳴り始める。あの短い時間でなんとかできたとは思えないけれどな」

美智也はぐっと唇を噛んだ。男の言うとおりだ。あらかじめ届いていた家の図面に、そのこともちゃんと書いてあった。

「なんであんた、そんなことまで知っているんだ。この本棚の後ろの隠れ場所だって」

男はチッチと舌打ちしながら指を振った。

「この家の設計図を詳細に検討していたら、おのずと導かれたのだよ」

きざなせりふにそっぽを向くと、ぐいっと顎を掴んで引き戻された。

「忍び込むにはそれくらいの下準備は常識だろう。じゃ、そういうことで、助けたお礼も加算しちゃおうっと」

「な、なに……」

掴まれた顎をそのまま上向かされる。目を見開いている間に、サングラスの顔が近づいてきた。

「んっ……ん」

小さな赤い唇は、薄いけれども輪郭《りんかく》のはっきりした唇に塞《ふさ》がれてしまっていた。

なんで自分がこんな目に！　女装していた代償だというのか。

憤慨《ふんがい》しながら、暴れながら、美智也は心の別の部分では、唇は男も女も変わらないんだ、と妙な感慨を抱いていた。

「うぅー」

振り切ろうと懸命に首を振るのだが、相手の唇はどこまでも追いかけてきて、いいように貪られてしまった。食い縛っていた歯もいつのまにかこじ開けられていて、忍び込んできた舌が、ねっとりと感じる部分を撫で上げていく。縮み込んでいた自分の舌を探られてきつく吸われたときには、呼吸困難なせいもあってほとんど気を飛ばしていた。

うますぎる～！

心の中で悲鳴を上げ、砕けそうな腰を相手の腕に縋《すが》りつくことで必死に支えていた。

ちゅっと恥ずかしすぎる音とともに解放されたときには、美智也は抗議するより前に、ぜいぜいと激しく息を貪っていた。ぐったりした身体を、男は遠慮なしにさわさわと擦っている。

まずい、と思いついた瞬間、男の手が胸に触れた。

ひぇーと声にならない悲鳴を上げる前に、男の手がぐにゅっと胸を掴み上げる。

美智也の身体が硬直した。

胸なんか、そこにはないっての。あるのは、あるのは。

くすっと耳元で男が含み笑いする。それ以上の行為をやめさせるために抵抗を思いつく前に、男の手は上着の裾からするりと潜り込んできて、胸の詰め物を引き摺り出した。

「やっぱり、アンパン」

くっくっと男が笑っているのを、美智也は放心して聞いていた。

ばれた……。

ばれてしまえば、胸に詰め物なんかして女装している自分は、滑稽《こっけい》な笑いの対象物でしかない。男を、同じ男にキスした恥ずかしいやつ、と詰る気力はどこからもわいてこなかった。それどころか頭の中が真っ白になって、身動きすることすら思いつかない。

「もうひとつ、いただきっと」

傍若無人の指が、もう一方の胸に忍び込んできて、そちらのアンパンも抜き取られた。

「これは、平安堂のアンパンじゃないか。こだわってるなあ」

楽しそうに言う男の声など聞こえていない。美智也は硬直したまま、男の手に身体を好きなように触られていた。詰め物を取り去られた平板な胸を、男は弄り回している。ささやかな引っ掛かりにすぎない胸の粒が興味の対象らしい。美智也が抵抗しないのをいいことに、突ついたり、摘んだりして刺激し、生理的な現象で硬く尖ったのを爪の先で引っ掻いていた。

「こりゃあ、結構クるなあ」

そんなひとり言さえ漏らして、悦に入っている。

悪戯《いたずら》な指がしだいに身体を滑り降りて股間に達したとき、電流のように身体を駆け抜けた快感で、さすがに美智也の意識も呼び覚まされた。

「な、なん……。何しやがる、てめえ」

「おや、正気に戻ったね。そうでなくては面白くない」

「面白い、面白くないの問題じゃないだろうが。手を放せ、このヘンタイ！」

途端にぎゅっと股間を掴まれた。激痛に悲鳴を上げる。

「ヘンタイとは聞き捨てならないね。こんな格好をしている君の方が、ヘンタイなんじゃないかねえ。マスコミにばらしたら、さぞ受けるだろうよ。レディウィンターは男だったと」

「くっ」

ぐうの音も出ない。やり込めて満足したのか、男の手が股間から離れていく。美智也の身体から力が抜けた。ぐったり脱力した身体は、腰に回された腕一本でへたり込むことから免れている

のだが、ひどく感情を揺さぶられたばかりの美智也は、まだそのことに気がついていなかった。

「さーて、そろそろ抜け出すかな」

男は美智也をからかうのに飽きたのか、隙間《すきま》から外のようすをうかがおうとする。いっそう身体が密着して、美智也はいたたまれない思いで、身を捩った。男の体温や息遣いが、神経を刺激するのだ。背筋を何度も悪寒が走り抜けて、その震えが男にも伝わっていないはずがないと考えると、嫌で堪らない。

「も、もうちょっと離れろよ」

文句を言うつもりだったのに、その声は自分の耳にも弱々しく聞こえた。掠れ気味の迫力のない声に、情けなくてぎゅっと唇を噛む。

男が押し殺した声で笑っているのが、背中にくっついていた厚い胸が震えるのでわかってしまった。悔しくて、涙が滲《にじ》んでくる。こんな屈辱は生まれて初めてだった。

そのくせ後ろからにゅっと腕が伸びてくるのを目の端で捕らえると、何をされるかと身体が縮こまってしまう。それもまた男の感覚を刺激したようだ。

「もう、何もしないさ。タイムリミットが近づいているからね」

からかうように言われて、美智也は歯を食い縛った。

男は伸ばした腕で、本棚の下の方を触っている。どこかにスイッチがあるのだろう、潜り込んだときと同様、本棚が横にスライドして、入り口が開いた。

「そら」

腰をひょいと持ち上げられて、一段上にある部屋に押し出された。それまで支えられていた腰ががくんと砕けそうになるのを、後ろからぱんと尻を叩かれたショックで立ち直り、美智也は飛び下がって男から距離を取った。続けて出てきた男は、解放されるなり、全身の毛を逆立ててこちらを警戒している美智也を見て、唇をにやりと笑いで歪めた。

「そんなへっぴり腰で、ここから逃げられるか？」

「余計なお世話だ」

「ふうん。ではお手並み拝見するとしようか」

言い放つなり男はつかつかと窓に近寄って、美智也が止めるまもなく窓ガラスを打ち破った。

途端にあたりを憚《はばか》らぬ大音響でサイレンが鳴り響く。あちこちで驚愕したような声が上がり、ドアがバタンバタンと開閉する。そして入り乱れた足音が、いっせいにここを目指して近寄ってくる。

「健闘を祈る」

どこかで聞いたようなせりふを残して、男は、自分が壊した窓を大きく押し開けてするりと外に消えていった。

「ちくしょう」

罵《のの》ってはみたものの、このままでは自分もやばい。いいようにおちょくられた屈辱はまた別の機会に晴らすとして、美智也も脱出手段を考えなくてはならなかった。男が出て行った窓をくぐり抜け、窓枠に掴まったまま、錘のついた糸を振り回した。木立の、その中でも一番丈夫そうな木を狙って糸を飛ばす。安全を確かめる暇はなかった。運を天に任せて飛び移る。

密生した枝に身を隠して振り向くと、飛び出した窓に鈴なりの雁首《がんくび》が覗いていた。庭にもばらばらと人影が散らばっている。

男はどうしただろうとちらりと考えたが、どうなろうと知ったことかと吐き捨てた。ひとのことなど構ってはいられない。自分の身ひとつですら、無事に逃れられるかどうかの瀬戸際なのだ。騒ぎには耳を塞ぎ、焦る心を押し殺して慎重にひとの動きを見定める。木の上にいるとは誰も気がつかないらしいのが救いだ。

地上を逃げたらしい男を追っているのか、人影が一カ所に移動し始める。その隙に、美智也はもう一度屋敷に飛び移った。出てきた窓から外を見ていた連中も消えているし、屋敷内は警戒が手薄になっているように見えたのだ。

捜索者の裏をかきながら、ようやく地上に戻ってきたのは、それからしばらくたってからだった。誰も見ていないのを確認してから、物陰にしゃがみ込んで乱暴に鬘を外す。ぺったんこの胸では、女装は滑稽なだけだ。まして隠れ家にたどり着くには、この位置からだといったん繁華街に出る必要があり、そこはこの時間でも大勢のひとが行き交い、賑《にぎ》わいに満ちている。見咎められる不審な格好は、しない方が無難だった。

上着を裏返しにして着込み、ベルトにつけた道具入れから、クレンジングとティッシュを取り出して、顔の化粧を落とした。手早く櫛《くし》で髪を撫でつけ、手鏡で身だしなみをチェックする。両頬を軽くパンと叩いて喝を入れた。鬘やふき取ったティッシュ、櫛についた髪の毛までも丁寧に道具入れにしまい直す。遺留品になりそうなものが地面に落ちていないことを慎重に確認してから、立ち上がった。最近の警察はごみの中からでも有力な手がかりを見つけてくれるので、決して気が抜けないのだ。

歩きだそうとして、自分が立ったはずみでひらひらと白いものが落ちてきたのに気がついた。どこに紛れていたのかわからないそれを拾い上げて、思わず罵り声が漏れた。

「くそっ！　あんの野郎！」

盗みに入った当の目的の手紙だった。男がこれ見よがしに、それを手にしていたのは覚えている。身体を弄《まさぐ》られていた間に、服の隠しにでも入れられたのだろう。気がつかなかった自分に腹が立ち、最後までいいように嬲《なぶ》ってくれた男にも腹が立った。かっかと血が上って、極寒の深夜、薄着でいながら寒さなんか吹き飛んだ。座り込んで身支度を整えている間に、何度か身震いしていたというのに、だ。

「今度会ったら、めったためたの、けちょんけちょんにしてやる」

負け惜しみの言葉は、口から出た途端にむなしく夜空に消えていった。腹立たしさに、足元に転がっていた石ころを盛大に蹴り飛ばしてから、大きなため息をついて歩きだした。

洋介は、酔っ払いの扮装《ふんそう》で、美智也のあとをつけている。

代議士宅での騒動の最中、走り回る警備員と同じ服装で怪しまれることなく門を出て、その直後に空を滑空する影を見つけた。羽もないのにまるで空中を飛んでいるように見えた。物陰に身を隠して警備員の服装を脱ぎ捨て、わざとらしくあたりに放り投げた。これを着ていた男は縛り上げ、猿轡《さるぐつわ》まで噛まして庭の隅に転がしてある。まさか泥棒がふたりいたとは思わないだろうから、ちょうどいい目晦ましになるはずだ。

空を飛んでいるように見えたからくりは、用心深く地上から追いかけるうちに読めてきた。随分身が軽いのだと、感心する。細い枝さえ、撓《しな》るだけでその体重を受け止めている。ピアノ線のような強靭な強度を有する紐が、彼のトリックの正体だ。

レディウィンターの忍び込む手口がこれまで謎とされていたのは、常に空からの侵入だったせいか。感心しながら、彼が地上に舞い降りるまで慎重にあとをつけた。

女装を解いて繁華街に向かう彼に続くとき、この酔っ払いの扮装に改めた。よたよたと周囲に迷惑をかけながらも、着実にあとを追いかける。しかし、先方もかなり警戒している。洋介は、相手が二度こちらをうかがう素振りを見せたときに、決断した。つけるのをやめ、そばの塀にずるずると凭れ掛かる。そして、かなり離れた位置から相手が振り向くのを項垂《うなだ》れた格好を取り繕《つくろ》いながら、密かに観察していた。

目を留めていた酔っ払いが座り込んでいるのを見て、相手はほっとしたらしい。それまで緊張していた身体から、力が抜けていくのがはっきりわかった。

やはり、警戒されていたな。

洋介は、相手がもう一度歩き始めるのを待ってから、すっと店と店の隙間の路地に身体を滑り込ませた。電信柱が潜り込んだ身体を陰に匿《かくま》ってくれる。その陰から出てきたとき、洋介はサングラスをかけ、黒い革ジャンに黒い革のパンツに着替えていた。周囲の人ごみが洋介の周りだけ、ぽっかり空間ができる。剣呑《けんのん》な雰囲気の彼から、少しでも離れようと無意識のうちに警戒心が働くのだろう。

大げさに顎を突き出し、周りを威圧しながら睥睨《へいげい》する。長身がその迫力に拍車をかける。

自分の前にさっと通路ができるのを内心で笑いながら、洋介は踏ん反り返ってその道を進む。おかげで見失う寸前で、つけていた相手の後ろ姿を捉えることができ、そのまましばらくあとをつけ、美智也が警戒する素振りを見せると、次の扮装にチェンジする。

そうして次々に別人になりすましながら、洋介は美智也が薄汚いアパートに入っていくところまで突き止めたのだった。

もちろん扮装を変えるといっても、舞台の早代わりではないから次々に服を着替えるわけではない。髪型とか、服のリバーシブルを活用するとか、小物を目立つように使うといった小細工で他人のふりをする。

学生時代演劇部に所属していたことが、こんなところで役に立っている。変装するには服装もさることながら、役になりきることが必要だから。

突き止めたアパートの下に立って、明かりがついた窓を見上げて首を傾げる。こんな場末の貧《ひん》相《そう》なアパートでは、美智也が浮き上がってしまう。小綺麗な外見からして、身の危険も考慮しなければならないだろう。今は男だから安全、という時代ではなくなっているのだ。

つまりここは仮の宿か。なかなか用心深いことだ。

セキュリティなどまったくないアパートの、一階の個人別のポストをコンと叩いてから、洋介は思いきりよくきびすを返した。

眠い目を擦り擦り、美智也は始発の電車に乗り込んだ。悶々《もんもん》として眠れなかった夜のせいでどんよりと身体が重たかったのだが、アパートを出た途端に神経がピンと弾かれた。首筋のところがちくちくして、誰かに見られているような気がする。通りすがりのショーウィンドーで背後のようすをうかがったり、道筋を変えたり、考えられる限りのごまかしを試《こころ》みた。神経が過敏になっているだけの可能性もあり、帰るべきか、このまま移動すべきか、散々悩みながら、帰らないわけにはいかないと覚悟を決める。

今日は外せない授業があるし、昨夜のことでどうしても『鈴木』に連絡を取らなければならない。厳しいセキュリティの設定がある『鈴木』のアドレスには、自分の部屋にあるパソコンからしかメールが送れないのだ。

万一のことを考えて、さり気なく乗客のひとりひとりを観察する。同じ車両に乗り合わせたのは、よれよれのサラリーマンと、建設作業員風のおっさん、それに朝帰りらしい未成年数人で、どう注意深く見ても、その中に尾行者がいるとは思えなかった。

マンションの入り口近くで立ち止まると同時にぱっと振り向く。こうした不意の動作で相手の虚を突いて、尾行者を特定できたりするのだが、残念ながらぎくりと立ち止まる者も、不自然に顔を背ける者もいなかった。

美智也はそれでもしばらくはその場に佇んで、まだ人通りの多くないこの時間にマンションの前を通り過ぎる人影を見守った。少し遅めの新聞配達、牛乳配達。出張に行くらしい、スーツケースを下げたサラリーマン、そして早起きの散歩らしい老人。

電車に乗り合わせた同じ人物はおらず、なんとなく昨夜代議士宅で会った男に似ているように見えた新聞配達人も、そんなに背が高くないので、同一人ではありえない。

美智也は肩を竦めて諦《あきら》めた。疑えば立てかけてある箒《ほうき》だって、ひとに見える。過度の用心は身を滅ぼすもとだ。思いきりよく身を翻し、エレベーターで三階の自分の部屋に向かう。

部屋の前に立ち、美智也は視線を上向ける。ドアの上、挟《はさ》んでおいた髪の毛が無事であることをまず確認。さらに屈み込んで、ドアの足元に貼り付けておいた紙を引き抜く。どうやら異常はないようだ。鍵を開け、慎重にドアを開く。一度大きく開け放って、中のようすを確かめる。それだけ用心を重ねてからようやく、美智也は部屋に入った。続けて窓やその他、出かけるときに施《ほどこ》したトリックを外して回る。どこも異常はなく、美智也は今度こそ安心して窓際のベッドに腰を下ろす。

隠れ家から帰る間緊張の連続だったので、目覚ましをかけて、取りあえず横になった。昨夜もそうだったが、目を閉じると思い出したくない映像が現れて困る。この自分がこけにされたのだ。男からキスをされたのも屈辱だが、それが嫌でなかった自分も悔しい。さらにアンパンを探り出されたあとの、胸を弄られた記憶が蘇ると、顔中が火で炙《あぶ》られたようにぼっと真っ赤に染まった。

お、男が乳を触られて感じるなよ。

腕で目をぎゅっと押さえて自分に言い聞かせる。まずいことに、その感触を思い出しただけで乳首が尖ってくるのだ。必死で、以前に女の子と付き合ったときの記憶を呼び覚ます。いい匂いがして、柔らかくて、胸はぽよよ〜んとして、縋りついた肩は筋肉が盛り上がって……。

ばっと身体を起こす。

今、変な記憶が交じっていたぞ。なんで女の子の肩が、筋肉なんだ。そいでもって縋りつくのは、オレじゃないってーの。

胸に手を当てると、どきどきしている。

情けねー。

ぶんぶんと首を振って、なるべく現実的なことを考えるようにする。

と、とにかく、『鈴木』にメールを送って、昨日の情報漏れを追及しなくては。ブツは、その返事しだいで送るかどうか考えよう。

順調にきた泥棒稼業《かぎょう》で、初めての躓《つまず》きだ。さすがの美智也も少々弱気になっていて、じっちゃんに相談しようかとまで落ち込んでしまった。

あれやこれやの思いを振り切って、今はとにかく寝ようときつく瞼を閉ざしたが、やはり記憶は、昨夜の出来事を順にたどり始める。やめろと何度も自分に言い聞かせ、それでも止まらなくて本棚の後ろに隠れたところまで記憶の再生が行き着いたとき、ふと美智也は男の言葉を正確に思い出した。

「あいつ、やっぱり、って言ったんだよな。やっぱり、アンパン、って」

やっぱりなんて、もとから疑っていないと出てこないせりふのはず。

そこまで考えて、美智也は起き上がると床の上であぐらをかき、腕組みをした。首を傾げて、もう一度記憶を反芻《はんすう》する。

「間違いない。やっぱり、って言った」

あの男はオレのことを知っていて、確認するために待ち受けていた。いったい、何者なんだ?

ぞくんと背筋に震えが走った。

「確かめなければ」

探りを入れるのはまず、『鈴木』。それから、あのろくでもないじっちゃん。自分も泥棒だったくせして、この稼業にオレが染まるのをやめさせたいらしい。じっちゃんなら、『鈴木』からの連絡に割り込むこともできるだろうし、かつての仲間のひとりをオレにぶつけてくることもできる。もっともじっちゃんの仲間だったにしては、あの男は若すぎる気もするが。

くそ、冗談じゃないぜ。

眠気は完全に吹き飛んだ。『鈴木』に連絡できる時間は決められている。朝からその時間まで、美智也はいらいらして過ごした。本文は早くから打ち込んでおいて、繋がる時間をジリジリと待つ。

ようやくその時間になったとき、美智也は怒りを込めインターネットに接続する。あっけないほど簡単に、美智也の抗議はネットの中に吸い込まれていった。

さして待つまでもなく返信のメールが入ってきた。あらかじめ組み込んである圧縮ソフトでしか開けないそれを、慣れた手順で解凍する。文面を読んだとき、一瞬美智也の怒りが削《そ》がれた。内容は、手紙を手元にとどめていることを手続き違反だと責めているもので、美智也の問い合わせは完全に黙殺されていた。

どういうことだ？

かなりきつい調子で、抗議文を作成したはずだ。なんらかの返事があって当然なのに、無視された。怒りと訝《いぶか》しさと。どちらが強く自分を支配しているのか、自分でも判断できない。『鈴木』が信頼できないとなれば、美智也の泥棒稼業は今日で終わる。

接続を切り、しばらく迷ったあげくに、美智也は祖父へ電話するために受話器を取り上げた。番号を最後まで押してから、慌てて切った。

もしかして、と疑いが急にわいたのだ。

万一、『鈴木』との間の厳重なセキュリティを相手が突破できるなら、盗聴なんかもお手のものだろう。この依頼は本物のようだが、送られてきた資料に他人の手が入った可能性はある。『鈴木』なら、自分が常に空から忍び込むことがわかっているから、地上の障害物はいつもざっとしか記入されていない。それが今回はダミーカメラまで資料に書き加えられていた。そして自分の抗議に何の返答もないのは、『鈴木』に届いたメールからそれらの言葉が消えていたからなのかもしれない。

もしそうなら「敵」は、とんでもない能力を持っていることになる。

美智也はどうしたらいいのか悩みながら、とにかく手紙だけは発送しておこうと部屋を出た。


次に『鈴木』からのメールが届いたのは、それから一週間後だった。

展覧会の入場券を受付に預けておく、という内容で、ターゲットに関する説明は一切なかった。これまでとは違うやり方に、真っ先に疑ったのはメールが本物かどうかだ。指定された二日後の土曜日まで迷い続けて、決断した。しり込みするだけでは、なんの解決にもならない。誘いの手なら、乗ってみるのも解決への道だ。

開催されているのは大ロシア展。ロマノフ王朝のころ集められ、ソビエト時代に散逸《さんいつ》していたコレクションが一堂に集められた画期的な展示会だった。本国より先に、日本で開催されたのだという。王朝時代の絵画や彫刻、文豪らの自筆原稿。当時の衣装や宝石なども集められていた。見るだけで、一世を風靡したロマノフ王朝の豪華絢爛《けんらん》さが伝わってくる。

美智也は無意識のうちに警備員の配置やセキュリティをチェックしながら、ゆっくりと館内を回った。ターゲットが何かはわからないが、白昼堂々盗むには観覧者が多すぎる。死角になるような飾りつけはしていないし。

いや、待てよ。セキュリティチェックを装《よそお》えば、見物人の前でもターゲットに手を伸ばせる。ただし、伸ばしたとたんに警報が鳴るようでは意味がないが。

美智也は一枚の絵の前で立ち止まった。興味深げに見るふりはしているが、もちろん絵なんか目に入っていない。さり気なく、赤外線センサーの発信源がどこにあるかをうかがっている。ガラスケースの斜《なな》め上、数カ所に埋め込まれるようにしてあった。これらが互いに重複し合って、宝物に手を出す不届き者を監視しているわけか。

もちろんカメラも部屋のすべてが監視できるよう、バランスよく配置されている。きっとどこかの警備室で、警備員が見守っているのだろう。

「その絵、気に入りましたか?」

不意に声をかけられて、美智也はぎくりと肩を揺らした。このシチュエーションは、あまりにも先夜の状況に似てはいないか。忍び込んだ先で、先客に手もなくあしらわれた嫌な記憶が蘇り、美智也は恐る恐る後ろを振り向いた。

視線は真っ白なシャツの襟《えり》にしか届かず、ゆっくりと顔を上向けて相手の顔を見上げた。百八十センチは超えていそうな長身だ。しわひとつなく仕立てられたスーツ姿の、色白でハンサムな、瞳の色は淡いブルーの男が、少し腰をかがめるようにして美智也に話しかけていた。髪はオールバックに整えられ、はらりと落ちた一筋が、男の色気を醸《かも》し出している。高い鼻梁と薄い唇が、上品な雰囲気だ。

いい男だよなあ、と思わず見惚れ、話しかけてきた言葉は、日本語だったか？　と首を傾げる。なんと答えていいのかわからないので黙ったままでいると、

「この絵……」

男は、美智也が立ち止まって見ていた絵に視線を流した。

「ロシア最後の皇后の肖像画です。革命の起こる前年に描かれました」

相手は流暢《りゅうちょう》な日本語を喋っていた。

「はあ」

丁寧に説明してくれるのは、この展覧会の主催者だからなのか。見ていたのはたんなるカムフラージュだったのだが、そんなことを白状することもできず、美智也は曖昧《あいまい》に頷いた。

「これは三十号ですが、もっとミニチュアに描かれたのが隣の部屋にありますよ」

「そうですか」

「ご覧になりますか？」

尋ねられて、美智也は少し考えてから頷いた。

「では、どうぞこちらへ」

このひと誰なんだろう。なんかどっかで聞いたような声なんだけど、と訝りながらも、導かれるままに、アーチ型の通路の向こうの部屋に向かう。

ここは小さな絵ばかりを集めてある。ほとんどが掌サイズで、現在ならばサイドボードの上に飾る写真のような意味合いだろうか。

「あ、ほんとだ。さっきのと同じ構図ですね。サイズを小さくしただけなのか」

「そう。ただ、ほんの少し違います。どこかわかりますか？」

美智也は絵を眺めたが、すぐにわからないと首を振った。

「皇后の、重ねられた腕を見てください」

「腕？」

促されて目を凝らす。

「上になっている方、腕輪をしているでしょう。小さな銘板を繋げたような形の」

「ああ、はい」

絵が小さいので、かなり近づいて見ないとわからない。だが確かに、ほっそりした手首に腕輪がある。

「あちらの大きな絵は腕輪をしていません。なのにこちらは」

男は慣れたしぐさで肩を竦めた。いかにも外国人っぽくて、似合っていて、美智也は思わず見惚れていた。

「何か意味でもあるんですか?」

「はい、あるんですよ」

もったいぶった言い方に興味を引かれ、美智也は身体ごと男に向き直った。

「ご存じなら、教えてください」

「もちろん構いませんが」

男は美智也の興味を引けて満足そうに微笑んだ。切れ長の知性を湛えた瞳の奥に、瞬間ちらりと掠めたものがあるが、美智也が気がつく前に、さっと消えていた。

「少し長くなるので、お茶でもいかがですか」

新手のナンパかと警戒し、まさか男にそれはないだろうと思い直して美智也は頷いた。セクハラしたがるのは、この間あったようなヘンタイだけだと決めつける。

会場になっている美術館には、喫茶店が併設《へいせつ》されていた。

「申し遅れましたが、わたしはこういうもので」

男は内ポケットから名刺を取り出し、すっと差し出す。その動作が優雅で、美智也は綺麗に手入れされた長い指に見惚れた。

「失礼ですが？」

「あ、僕は。すみません、まだ学生なんで名刺なんて……」

名刺を受け取ることも忘れてボケッと見惚れていた美智也は、相手に促されてあたふたと言い訳する。差し出されていた名刺に手を伸ばしたものの、焦っていた美智也の指を擦り抜けた名刺はテーブルの上にひらひらと落ちていく。

「あ」

いっそう慌てて出した手は、水の入ったグラスを倒しそうになる。

「おっと」

その美智也のドジを、相手はすべてフォローしてくれた。グラスは男の手でそっと支えられ、名刺はもう一方の腕で掴まれた美智也の掌にそっと着地する。跳《は》ねた水は、男の合図で駆けつけたウェイターが、丁寧に拭ってくれた。

「す、すみません」

美智也は小さくなって謝った。こんなに続けざまにドジるなんて、これまでなかったのに。

恐る恐る見上げた先で、男が淡い色の瞳を瞬かせていた。

「失敗は誰にでもあることですよ」

やさしく微笑されてほっとするどころか、美智也はますますぎこちなくなった。

「あ、あの……」

「コーヒーでいいですか？」

いたたまれなくて立ち上がろうとした機先を制して、男はそばに控《ひか》えていたウェイターを呼び寄せた。

「え？　ええ」

とまどってそわそわと落ち着かない美智也に、男は注文を済ませたあとでにっこりと笑いかけた。手持ち無沙汰にしていた美智也は、気まずげに俯《うつむ》き、受け取っていた名刺に目を向けた。

「げっ」

見るなり失礼な声を漏らす。

これ、たぶんロシア語だよな。

いろいろ文字が書いてあるが、まったく読めない。英語ならもう少しは見慣れた単語があるはずだが、そうではないので、ロシア語かと考えたのだ。

しっかし、日本人にロシア語の名刺を渡して、このひと、何を考えているんだ？

首を傾げながら見上げた先に、邪気のない笑顔でこちらを見守っている男を見出して、もしかして、日本語の名刺と間違って出したのかも、とか、こういうのがあちらの風習なのかもとか考えているうちに、相手がぷっと吹き出した。

「え？　何？」

自分が何かしたのかときょとんとする美智也に、相手は爆笑の様相を呈《てい》し始めた。コーヒーが運ばれて来る間も、男は苦しそうに笑い続け、ウェイターが一礼して引き揚げるころになってようやく笑いの発作を抑え込んだ。

「いや、これは失礼」

ポケットから取り出した真っ白なハンカチで目元を拭ってから、男は咳払《せきばら》いして美智也と目を合わせた。

「君は、考えていることを非常に素直に表すのですね。その名刺を見てどう思ったかが、はっきりと伝わってきましたよ。わたしの悪戯をよいように解釈《かいしゃく》してくださって、感謝します」

「いたずら？」

「そうです。どう見てもロシア語のわからなさそうな君に、ロシア語の名刺を差し出すなんて、普通しませんよ」

美智也は衝動的に立ち上がった。がたんと椅子が乱暴に音を立てた。立ち上がる拍子に膝《ひざ》が触れたテーブルは酷く揺れ、コーヒーの入ったカップが危なっかしく傾いで中身が少し零《こぼ》れた。

ぎりっと奥歯を噛んで相手を睨みつけてから、美智也は相手に背を向けた。足を踏み鳴らして歩き去ろうとして、腕を掴まれて引き戻された。立ち上がった椅子にはずみで腰を落とし、ぶざまな自分にいっそう悔しさが募《つの》った。

「放せ！」

人前で騒ぎを起こすのは本意ではなかったので声は抑えたが、自分の腕を掴んでいる相手の指を、もう一方の手で引き剥がそうとした。万力のような腕の力は一向に緩まず、おそらく跡が残るだろうと思えるほど強く掴まれている。

「放せってば！」

力では敵わないのだと思い知らされて、美智也は子供じみた反応だとわかっていながらも相手の腕を掻き毟《むし》ってやった。

「おうっ」

相手はびっくりしたように、さっと手を引っ込めた。

「子猫みたいな、小さいけれど鋭い爪ですね」

引っ掻かれた手の甲をしげしげと眺めながら、男はまだ余裕の笑顔を見せている。

店内の注目を浴びて、美智也はもう一度逃走しようという気力をなくした。やろうとしても、おそらく阻止されるだろう。それも今度はもっと恥ずかしい引き止め方で。

なんで自分がこんな目に遭わされるのか。精いっぱいの抗議を込めて、男を睨みつけた。

「絵の説明がまだなので」

男は悪びれたふうもなくしゃあしゃあと、引き止めた言い訳をする。

「興味ないし、聞きたくもない」

言い捨てて美智也はそっぽを向いた。せめてもの意趣返しだ。絶対男の言葉など聞くものかと、意地になって顔を背け続けた。

男は、美智也に見えないところで苦笑を漏らすと、そっぽを向く美智也には構わず、絵の謂《いわ》れを話しだした。その途中で、美智也は思わず「え?」と声を漏らし、実は興味津々で聞いていたことを暴露《ばくろ》してしまった。なにしろ男が話していたのは、どこかに秘匿《ひとく》されたままの、ロマノフ王朝の莫大《ばくだい》な遺産についてだったのだ。

革命が起きたころ、ロシアではツァーリの権威は絶対で、集められた富は天文学的な数字だったという。だが、当時のソビエト政府はそれを手にすることはできなかった。皇帝の処刑とともに、莫大な富は姿を消し、噂だけが延々と生き続けている。ロマノフの遺産は、帝位に忠実な者たちによって密かに隠されているのだと。

「そのヒントが、皇后の腕輪にあるのです。あの腕輪はあとになって描き足《た》されたものです。連なった宝石に囲まれた、小さな銘板の正しい位置を示すためだけに。銘板には言葉が刻んである。順序に従って刻んだ言葉を読み解けば、財宝に行き着くわけです」

「ロマノフの秘宝……」

話がでかすぎて美智也は呆然《ぼうぜん》としてしまう。百年近くも前の遺産が、まだ存在しているのだろうか。そして、それはどれほどの富なのだろう。

「面白いでしょう」

からかうような調子を込めて、男が美智也を覗き込んだ。途端に、つい今しがた男におちょくられたことを思い出す。自分がうっかり感心した素振りを見せたら、またばかにして笑うのだろうか。なんと信じやすいひとだろうとかなんとか。

美智也は、興味なんかないことを見せつけようと、自分の前に置かれたコーヒーに手を伸ばした。ゆっくり持ち上げ、口元まで運ぶ。カップに唇がついたとき、男が意味深に微笑んだ。

「その腕輪を一緒に探しませんか、レディウィンター」

カップが手から滑り落ちた。

「おっと」

それを男が素早く受け止める。中のコーヒーが跳ねて茶色の滴《しずく》が少し散ったが、下に落ちてカップを割ることは避けられた。

「あ、あんた……」

言葉が縺《もつ》れた。ショックで全身が硬直する。瞳を見開き、呆然と男を見上げる。

男は苦笑しながら、ウェイターに合図する。滴で汚れた手にウェイターがおしぼりを持って駆

けつけた。度重なる粗相《そそう》の詫びにと、男は多めのチップを渡している。そんな光景など、美智也の目にはまるで入ってこなかった。呼びかけられた、レディウィンターという単語が、頭の中でわんわん響き渡っている。

「桐生美智也君。昼間は頑張り屋の専門学校生、そして夜は、冬だけ泥棒になるんだったね」

美智也は言葉もなく、口をパクパクさせるだけだ。衝撃からまだ立ち直れない。『鈴木』のメールが本物かどうか、確かに疑いは持っていた。だが現れた自分が、メールを受け取った本人であると、いったいどうやって知ることができたのか。この男は、最初から自分がレディウィンターだと知っていた？

煩悶《はんもん》している間にも、男は頓着《とんちゃく》せずあとを続ける。

「仲間になるには条件がひとつ。あの絵、ミニチュアの方を手に入れること。それで、君の力量を確認したい。レディウィンター」

美智也の眉がぐっと寄った。もう一度呼ばれた名前で、我に返った。冗談じゃない。勝手な言い草に踊らされて堪るものか。

「わけのわからないことを言うひとだな。オレはウィンターなんて知らない」

「ほう？」

「第一オレは男だから、レディなんて呼ばれたくないね」

「あくまでも、しらばっくれますか。では、君の素敵な名前をここで叫んだらどうなるかな」

「あんたの勘違い、で終わるさ。第一どこに証拠がある？　そのなんたらとオレが同一人物だという証拠は？」

美智也はなんとか自分を取り戻し、強気で突っぱねる。そうだ、どこを探しても自分とウィンターを繋ぐ証拠はないのだ。うっかり相手の手に乗せられるところだった。危ない危ない。

「証拠はね……」

男は先ほどのハンカチで包むようにして、小さなものを取り出した。もう一方の手がするすると美智也に伸びてきて掌を広げさせ、その中にポトンと落とした。そうしてハンカチと自分の指を引っ込める。

「君が持っているのは、宝石コーナーに展示してあった『皇女の涙』、十カラットのダイヤでできたペンダントヘッドです。説明文には、皇女アナスタシアの首を飾っていたとありますが」

美智也は火傷《やけど》したようにぱっと掌を振った。テーブルの上に、コロンと塊が転がる。

「おやおや、時価数億の値打ちのある品ですよ。そんなに乱暴に扱っては困ります」

「な、なんで、俺に。こんなこと……」

美智也はわなわな震えながら、テーブルの上に無造作に転がっている光り輝くダイヤを見つめた。誰かに見られたらと、怯《おび》えたように周囲に視線を走らせる。

「さて、このダイヤには君の指紋《しもん》がついている。わたしがひと言声を上げたら、あっというまに鉄格子の中だ」

「あんたの指紋もある」

美智也はダイヤを睨んだまま唸った。

「わたしが、なんのためにハンカチを使ったと思っているのです？　そのダイヤには君の指紋しかありませんよ」

沈黙が続き、美智也はその重圧に押し潰《つぶ》されそうになる。自分の名前や、居場所がすべて知れているならば、言いなりになるしかない。ダイヤを見つめながら、痺《しび》れたような唇をようやく開いた。

「どうしろっていうんだ」

「絵を、手に入れてください」

「あんた、スタッフだろう。自分でやる方が簡単だろうに。それか写真を撮るか」

「スタッフならね。あいにくわたしは違います」

「え？」

混乱する美智也に、男は意味深に微笑む。

「銘板の順序は、確かに写真で確認できますが、ただ、なんというか、つまり主義の問題なんですね。わたしは紛い物は好かない。利用するのも、本物がいい。第一莫大な遺産が絡んでいるのに、写真なんかでお茶を濁《にご》そうなんて、失礼ですよ」

「そんな問題かよ」

吐き捨てて、それでも覚悟を決めて男を睨んだ。

「いつ？」

「できるだけ早く」

「期限は？」

「会期内であれば」

男は、ひょいと肩を竦めた。

それじゃあほんの数日しか残されていないじゃないか。

心の中で喚き立てる。美智也は舌打ちして立ち上がった。時間がない。会場に戻って、早急に計画を練《ね》らなければ。

「ひとつ聞くが、メールを送ってきたのはあんたか？」

周到に自分を罠に嵌《は》めた手口を見ると、そうとしか思えない。

「たとえそうであっても、依頼があってあなたが受ける。別に違いはないでしょう」

男は回りくどい言い方で、明言を避けた。追及しても埒《らち》があかないと判断した美智也は、早々に頭を切り替えた。

「連絡はどうすればいいんだ?」

男はポケットから携帯電話を取り出した。

「わたしにしか繋がらないように設定してあります」

差し出されたそれを、美智也は嫌そうに見た。しぶしぶながら手を伸ばして受け取る。

「それではよろしく」

わざとらしく笑顔になって手を振る男に、顰《しか》め面《つら》を返し、美智也は足早に喫茶コーナーを出て行った。

三日後「白昼堂々、絵が盗まれる」という記事が新聞を賑わせた。犯人は、ちょうど昼時の、観覧者が少なくなるときを狙って仕掛けてきたらしい。絵の置かれたコーナーのすぐ外で発煙筒がたかれ、火災報知器がけたたましく響く中、室内の警備員が目を逸らしたほんの僅かな隙に、飾られていた絵が模写に掏《す》り替えられたというのだ。

容疑者は、その絵の前で模写をしていた人間ということだが、目撃されていたにもかかわらず、容疑者の印象は警備員それぞれの主観で違っていて、モンタージュを作ることさえできなかった。そもそも男か女かという根本的なことから意見がまちまちなので、捜査員は困惑しているらしい。

その大騒ぎの最中、展示会最後の日には模写に掏り替えられた絵が、いつのまにか本物に戻っていて、謎はますます深まったのだ。

目の前の画面をハードに保存してから、洋介は大きく伸びをした。首を回しながら肩の凝りをほぐす。かっちりと七三に分けられて固められていた前髪が、集中力を要した数時間の奮闘の跡を残して、ぱらぱらと額に散っていた。

昼間の正当な職業を遂行しているときの洋介は、きちんとしすぎるくらいに身嗜《みだしな》みを整えている、堅い一方の男だ。四角四面で、男前なので女性にもてるが、アタックされても意味がわからない朴念仁《ぼくねんじん》と評されている。わずらわしいことの嫌いな洋介が、大学に入ってからつくり上げてきたキャラだ。

「おい、四天寺。おまえ教授のコネでバイトだって？」

隣の席で解析《かいせき》を待っている間、暇そうにしていた鈴木《すずき》が、洋介が一段落したのを見て声をかけてきた。

「ああ？」

「バイトだよ、バイト」

洋介は眉間を軽く揉《も》みながら、ゆっくりと視線を向ける。じっと画面を見つめていたのでやや充血気味の切れ長の目が、なんのことだと言いたそうに鈴木を見返した。

「バイト?……」

洋介の中ではバイトという意識はなかったので、鈴木の言っている内容を把握《はあく》するのに時間がかかった。

「佐々木《ささき》デザイン学院に行くんだろ」

さして広くない部屋には、パソコンが何台も置かれている。これらは隣の部屋にある大型のコンピュータの端末として使用されている。反対側には御神村《みかむら》教授の私室があって、現在部屋の主は外出中だ。

「教授、よくそんなところにコネがあったな」

「ないさ。俺があっちのコンピュータに経歴を押し込んだ。常勤は無理だから、特別講師枠でね。専門学校のくせにちゃちなセキュリティでね、簡単だった」

鈴木はおやおやと天を仰いだ。彼は、いつも笑っているようなひょうきんな顔つきで、世の中を茶化して生きている男だ。なんにでも首を突っ込んで掻き回すので、好奇心の対象になった者には非常にはた迷惑な性格をしていた。身長は洋介と同じくらいだが、痩《や》せぎすでひょろひょろしている。頼りない外見からつい見過ごされがちなこの男は、実のところ御神村ゼミにおいて、洋介とともに双璧《そうへき》といわれる頭脳の持ち主だった。分析途中における閃《ひらめ》きに関しては、自分でも敵わないと洋介自身が認めている、天才肌の男なのだ。ただし、総合的に纏め上げる能力は洋介の方が上だと、これは御神村教授の言である。

そんな洋介らにとって、コンピュータを介する情報を自分に都合のよいように捻《ね》じ曲げることなど、朝飯前だ。しかも侵入の痕跡など残さず完璧に仕上げてしまうから、先方は検索で導き出された情報を疑いもしない。彼らの前にはセキュリティもトラップも、ほとんど意味をなさないのだ。

今回、洋介は自分の能力を少々個人的に利用して、コネなどまるきりない佐々木デザイン学院に講師として潜り込むことに成功していた。講師の人数が多く、人事管理をコンピュータに任せているシステムだから、簡単にできてしまう。つまり、自分は知らないが、登録されているからには誰かが知っているに違いないという、コンピュータを盲信する心理の隙を突いたやり方だ。

「なんで、そんなことをしたんだ?」

鈴木が、椅子の向きを変えて正面から洋介に対した。面白そうに腕組みをしている。そこまでして潜り込む理由に、好奇心をそそられたらしい。

「そこの生徒に、面白いやつがいるんだ」

うっかり答えてから、洋介は警戒して鈴木を振り向く。

「へえー、じゃあ俺も潜り込んでみようかな」

案の定鈴木はわくわくした表情で、身体を乗り出していた。

「だめだ」

引っ掻き回されては大変と強く拒んだとき、鈴木のコンピュータがピッと音をたてた。解析結果を吐き出し始めたそれへちらりと目をやっただけで、鈴木の注意はまた洋介に戻ってきた。

「なんでだよ。いいじゃないか」

「冗談じゃない。おまえが首を突っ込むとろくなことにならない。いいか、絶対に手は出すな」

語気の鋭さに、鈴木は目を見張った。

「はいはい、わかりましたよ。今回は見送るよ」

両手を上げて降参のジェスチャーをすると、鈴木は椅子を元に戻して自分の仕事に戻っていった。その横顔を洋介はうかがうように見る。鈴木が本気で言ったのかどうか、なおもしばらく疑っていたが、「男に二言はないって」と、視線を感じた鈴木が首を振って強調したので、ようやく目を逸らした。

アンパン事件のあと、洋介はネットワークの迷路の中にレディウィンターを検索収集するウィルスを放った。ウィルスが、処理しきれないほどの情報を集めてきたので、洋介は情報をより分けるプログラムを作った。そうしてふるいにかけて残った中に、セキュリティの厳重な怪しげなメールが引っ掛かったのだ。解読はひどく困難で、さすがの洋介も住所や名前を読み取ることはできなかった。ただ、余分な情報を潜り込ませることは可能だったので、少しいじらせてもらった。盗みに入る場所と時間を探り出し、二度目の接近遭遇《そうぐう》を画策したあと、美智也のあとをつけ、住まいを突き止めた。名前がわかれば、彼のデータを探り出すのは簡単だった。洋介の手による『鈴木』の偽メールが送られ、三度目の対面で、洋介は彼を仲間にすることを真剣に考え始めたのだ。

これから先、『鈴木』のメールはすべて洋介の元を通るように工作してある。そのたびにちょっかいを出すつもりではいるが、それよりももっと身近で美智也とかかわりたいと思ったので、彼の所属する学院に潜り込むことにしたのだ。

手の中で存分に遊ばせてやるよ、レディウィンター。

プログラムを微調整しながら、洋介は呟いた。

「なんだ、またトラブってるのか」

後ろから覗き込んで、やれやれと呟いたのは沖村《おきむら》である。

昼間美智也が通っている佐々木デザイン学院には、コンピュータを基礎にアート、建築、情報処理、ゲームクリエーターなどのコースがある。ここに入学してから知り合った沖村は、システム・エンジニア《SE》を目指し、美智也はゲームクリエーター養成コースに所属している。

沖村とはコンピュータの授業のときだけ一緒のクラスになるのだが、操作が苦手で、毎度簡単なミスを繰り返す美智也を、呆れながらもフォローしてくれるありがたい存在だ。遊び人風の派手な外見が女の子たちを引き寄せるらしく、同時に何人もの彼女がいるナンパ人間だが、授業態度は意外に真面目だ。

「今度はどこ?」

覗き込みながら、フリーズした画面を確認している。

「あ、いいよ。手伝ってもらったら、篠塚《しのづか》のやつにまたぶつくさ言われるから」

首を竦めながら美智也は、教室の端っこでほかの生徒を教えている篠塚をうかがった。痩せぎすで、気取った金縁の眼鏡をかけている篠塚は、しょっちゅうお手上げ状態に陥る美智也をあからさまにお荷物扱いする。どの生徒の失敗にもねちねち小言を言う嫌味な講師ではあったが、美智也のそれには一段と辛辣《しんらつ》な言葉を投げてくるのだ。

「ここんとこ多いよな、おまえ。苦手とはいえ、ここまでひどくはなかっただろう」

沖村が直前の操作を確認しながら、呆れたように言った。

「そうなんだけど」

不調の原因は、美智也自身よーくわかっている。あの謎のロシア人との一件以来、ずっと心にわだかまっているものが、日常の落ち着きのなさとして表れているのだ。

絵を渡したとき、もちろん仲間になんかならないと啖呵《たんか》は切った。が、それきり連絡が途絶えてしまうとは、実は思ってもみなかったのだ。断ってもなんらかのアプローチがあるだろうと考えていた。しかし現実は、苦労して手に入れた絵はもとの展覧会場に戻され、美智也には謎と、繋がらない携帯電話と、なぜか見捨てられたような苛立ちだけが残った。

この次『鈴木』のメールが来たとき、どう行動すべきかもわからない。祖父に連絡することも躊躇《ためら》われ、揺れ続ける気持ちが操作ミスに繋がっているのだ。

「とにかく、このままじゃあだめだろう」

失敗の多い美智也だったが、それを詰るよりわかりやすく教えてやればいいのにと、沖村は篠塚のやり方を内心で責めている。専門用語を連ねて頭ごなしにミスを指摘しても、美智也のレベルがそこまでたどり着いていないのだからいっそう混乱するばかりだ。おそらく、ほかの講師や生徒には笑顔を見せたりもする美智也が、篠塚に対するときはぶすっと膨《ふく》れっ面なので、篠塚も目の敵にするのだろうが。

もっとも、あの篠塚に愛想振り撒《ま》けって言うのも無理だしなあ。

篠塚のそれは、可愛さ余って憎さ百倍なのだろうと沖村は考えている。

「いいから、ちょっと見せてみな。ああ、ここ、アニメーションにしたのか。だから容量食いすぎて処理できないんだ」

「でも、動画の方がインパクトあるし」

美智也は暗い顔で画面を睨んでいる。

「静止画では駄目なのか？」

「うーん」

唸っているだけの美智也に代わって、沖村が設定をやり直してくれた。

「少し動きはぎこちなくなるが……」

「いや、いいよ。こんな感じでも」

にこっと笑って見上げる顔は、普段はいくぶん鋭い目つきが柔らかく綻《ほころ》んで、凶悪なまでに可愛い。思わず息をのみ込んだのは沖村だけでなく、たまたまその笑顔を見た全員が、固まってしまった。

周囲の気配に気づいたようすもなく、美智也はコンピュータが動きだしたのでほっとして、手伝ってもらった後ろめたさから、篠塚の方をちらちら見ながらも、次の操作に進んでいる。

しばらくその姿から目が離せなかった沖村が、やばいと自分の意識に危機感を抱き、そろそろ

てしまう。

と戦略的撤退にかかる。美智也の可愛さは、正常な自分のセクシュアリティにまで影響を及ぼし

「マジで特別講習、受けた方がいいぜ」

沖村は忠告とともにぽんとひとつ肩を叩き、サボることに決めて後ろの扉からするりと教室を出て行ってしまった。気がついた篠塚が、窓をがらりと開けて呼び止める。

「腹痛でーす」

みえみえの言い訳をして沖村は去っていき、俺の授業の邪魔をしてと言わんばかりに、篠塚の尖った視線が、直前まで話をしていた美智也に向けられる。

「うへっ。オレ、関係ないのに。また印象悪くなっちゃうじゃんか。沖村のばか。サボる気なら、来るなよ」

帰っていく沖村を恨《うら》みがましく見送った美智也は、彼の真意にはまるで気がついていない。篠塚に八つ当たりされそうと、そればかりを気にしている。

案の定、篠塚は親切めかして美智也のそばに立つと、ねちねちと操作の不手際を指摘してくる。じっと見ていられるとますますぎこちなくなって、いらないキーを押して画面をまたもやフリーズさせてしまった。

「まったく、君にはコンピュータの適性はないようだな。これでゲームクリエーターなんて、望

みが高すぎるんじゃないか」

嫌味ったらしく嘲られて、美智也は唇を噛んだ。危うくキレそうになる。コンピュータごと机を蹴《け》り倒してやったら清々するだろうなと思いながら、再起動の操作をした。普段は黙って言われっぱなしの美智也ではないが、コンピュータに関しては篠塚の指摘を否定できないので、ぐっと我慢するしかない。沖村が設定してくれた動画も、ファイルしておかなかったせいで全部やり直しだ。一応は自分のミスではあるが、いちいち難癖をつける篠塚にも責任はある。

くそ、こいつをぐうの音も出ないほどやり込めることはできないものだろうか。

画面が立ち上がるのを見ながら、美智也は悔しさを堪《こら》えるために、奥歯を噛み締めていた。

授業がようやく終わり、これ以上一秒でも篠塚の顔を見たくなかった美智也は、即行で教室を飛び出した。

「特別講習か……」

ロッカーに向かいながら、沖村に言われたことを改めて考えてみる。この学院には、割増料金を払ってマンツーマンで指導してもらうことができるシステムがある。資格認定試験前とか、苦手な科目の克服とか、結構利用者が多いらしい。

篠塚の嫌味な言葉を聞きたくなければ、苦手なコンピュータを克服するしかない。文句を言われる前にやり遂げたら、さすがの篠塚もいちゃもんをつけることはできないはずだ。

決心が固まって美智也はくるりと向きを変え、事務室へ引き返した。規定の料金を払い、週明けくらいからスケジュールを組んでもらうように依頼した。

水曜日、その日の授業が終わってから、美智也は特別教室が並んでいる棟に向かっていた。マンツーマンの講習が行われる部屋は、集団で授業を受ける部屋よりこぢんまりした個室である。篠塚以外と希望した美智也のリクエストは受け入れられて、講師は四天寺洋介という外部からの派遣講師に決まっている。とはいえ、好きで講習を受けるわけではないので、やだやだと考えながら渡り廊下を歩いていて、あてがわれた部屋の隣が篠塚の個人授業の個室に当てられているのを、通りすがりに見てげっと思った。

ここ、防音だったよな。別の講師に叱《しか》られるところなんて、聞こえないだろうな。

そんな心配をしながらも、きちんとノックして入室する。

「よろしくお願いします」

と挨拶《あいさつ》して頭を上げ、俯いて書類に目を通している男を見た途端、美智也は驚愕《きょうがく》して目を見開いた。

ダサい黒縁眼鏡と、すだれのように顔を覆う前髪。

あのとき遭遇した男だ！

瞬時に記憶が蘇り、硬直したまま、こくりと喉を鳴らす。

いつかの夜、街灯の明かりで正面から顔を合わせているのだ。半ば陰に隠れていたはずとはいえ、ごまかし切れていたかどうか。こっちがはっきりと覚えているように、相手も覚えていたとしたら。

冷や汗がたらりと背筋を伝っていく。

「座りなさい」

男はダサい格好に似合わない、やけに耳に心地よい声で美智也を促す。高からず低からず、のびのある魅力的な声だ。突っ立ったままの美智也は、その声でようやく呪縛《じゅばく》が解け、そろそろと椅子に手を伸ばし、浅く腰を下ろした。

「四天寺洋介です。普段はS大でコンピュータ関係の助手を務めています」

簡単な自己紹介をしながら、相手がようやく顔を上げて美智也を見た。

「あれ？　君は？」

そらきた。

美智也は膝の上で拳を握り締め、秘密を暴《あば》くであろう相手の弾劾《だんがい》を待った。

「あれれ？　でも君、男の子、だよね」

それなのに相手は、不思議そうな顔で首を傾げたままだ。そのまま気まずい沈黙が続く。美智也は顔を伏せたまま、相手の出方をうかがった。正面から向き合う度胸はない。だが沈黙が長引くにつれ、もしかしてごまかせるかもしれないと思えてくる。

レディウィンターのときは女装姿だったし、夜だったし、街灯があったとはいっても、昼間のように明るくない。しかも顔は陰に隠れていたはずだし。

美智也はそろそろと上目遣いに男を見る。洋介は首を傾げたまま、まだ不思議そうな表情で美智也を見つめていた。

「あの、何か？」

意を決して舌で乾ききった唇を湿《しめ》らせてから、ようやく口を開く。

「いや、俺の勘違いだな。君によく似た女の子を見たことがあるんだ」

と言われて、ほうっと胸を撫で下ろした途端、

「なんて言うはずないだろ」

洋介が、眼鏡を額の方に押し上げながらにやりと笑った。

「え？」

知的な広い額があらわになり、薄い唇が意地悪そうに持ち上がって、絶句している美智也を楽しそうに見ている。

「面白いね、君は。感情がそのまんま顔に出るから、そのたびに楽しませてもらってる」

「た、楽しませてって」

上擦《うわず》った声で舌を縺《もつ》れさせていると、洋介はクックッと笑い声を漏らしながら、

「こんにちは、レディウィンター。また会ったね」

美智也は、がたんと派手な音をたてて立ち上がった。この間から、驚かされるのは何度目だろう。世の中の全員が、自分の正体を知っていそうな気のする美智也だった。

目の前の洋介を見つめて立ち尽くす。それでなくても大きな瞳が、零れ落ちそうに見開かれていた。美智也の背はそんなに高くないが、頭が小さくバランスが取れているので、実際よりはすらりとして見える。茫然と立ったままの美智也の全身に、じろじろと視線を這《は》わせながら、洋介がふーんと頷いた。

「これならごまかされるかもしれないな」

そして、可愛い、と小さな声でつけ加えた。

「お、おまえ、なんのつもりだ！」

可愛い、は美智也にとって禁句だ。固まっていたくせに条件反射のようにそう喚《わめ》き、喚いた自分の声で我に返った。

「なんなんだよ、あんた……」

すとんと腰を下ろして、力なくぼやく。

洋介は人差し指を突き出して、チッチッと窘《たしな》めた。

「おまえとか、あんたとか、失礼なやつだな。仮にも俺は講師だぞ。ほら、四天寺先生と言ってみな」

「やなこった」

誰がこんなやつ、先生なんて呼ぶか。

ごにょごにょと呟いた言葉は、しっかりと聞こえていたらしい。

「ほう、いい度胸だな。では少々脅《おど》させていただこうかな」

言いながら洋介は立ち上がり、何をするのかと不安を潜めた瞳で美智也が見つめる中で、にやりと嫌な感じの流し目を美智也にくれてから、部屋のドアを開けた。

「すみませーん、誰かいませんか。ちょっと、警察に電話してほしいのですがー」

大声で呼びかけるのを聞いた途端に、美智也は飛び上がって駆け寄ると、腕を掴んで部屋の中に引き戻した。パタンとドアを閉ざし背中を預けて、息を切らしながら洋介を見上げた。

「どうしました?」

部屋の外から声がかかる。

げ、篠塚だ! 最悪。

思わず嫌そうに顔を顰《しか》めてしまった。

「警察がどうとか聞こえましたが……」

洋介は返事もせずに、じっと美智也を見つめている。

がちゃがちゃとノブを回す音がした。

「四天寺先生？」

ドアは、美智也が押さえているので開かない。それでよけいに不審感を煽《あお》られたらしい。

「先生、どうなさったのですか」

篠塚の声が詰問調になり、ドアがどんどんと叩かれる。

そのとき自分が、どんな顔をして洋介を見上げていたのか。きっと情けない、懇願《こんがん》するような哀れな表情だったに違いない。洋介に屈服したも同然なそのときのことを、あとから思い出すたびに、美智也は悔しさのあまり地団駄《じだんだ》を踏みたくなる。

その情けない自分の表情に洋介は何を思ったのか、見つめ合った視線をふっと逸らし、あるかなきかの苦笑を浮かべた唇で「なんでもありません」と外に返事をしてくれたのだ。

思わず膝の力が抜けそうになった。

「四天寺先生？」

なおも呼びかける声に、ふにゃふにゃになった美智也を力強い腕で押し退け、眼鏡の位置を直しながら洋介はドアを開け、

「すみません、お騒がせして」

と頭を下げた。

「大丈夫なんですか？」

篠塚は、ドアの横で項垂れている美智也をじろりと見る。

「なんだ、君だったのか。こんなところで騒ぎを起こして、講師をなんだと思っているのかね。もっと自分の態度を反省して……」

「先生、授業が押していますので」

言いかけた篠塚のせりふを洋介が遮《さえぎ》って、ドアの外に押し出す。ぶつぶつ言いながらも、篠塚が引き下がった。足音が遠ざかっていく。

それを見送って、洋介はパタンとドアを閉ざした。

「さて」

美智也は気力を喪失《そうしつ》して、ぼんやりと相手を見上げている。後ろの壁に凭れていないと、立っていられないほどだ。改めて見ると、相手はかなりの長身だった。標準よりやや下の自分が対等に話そうとしたら、首が痛くなってきそうだった。元通りになった黒縁眼鏡とすだれのような前髪が表情を完全に隠してしまっているが、もちろん、今の美智也はオタクっぽく繕《つくろ》った洋介の本質を見誤《みあやま》ることはない。

こいつは危険だ。だけど、どうしたらいいのだろう。

頭の中はその思いでいっぱいで、自分が取る行動すらも浮かんでこない。このまま警察に突き出されて、女装していた間抜けな泥棒として名を馳せるのだろうか。

じっちゃんがあれだけ心配してくれていたのに。

「あの男は気に入らないな、なんていうんだ？」

「篠塚……」

虚《うつ》ろな声が応じる。今の美智也は、魂を抜かれたような腑抜《ふぬ》け状態だ。

「篠塚か。けしからんやつだな。おまえを突つくのは俺の楽しみなのに。横から手を出そうなんて不届きなやつだ」

釘を刺しておくか、と呟いてから、指を伸ばして美智也の額を弾《はじ》いた。

「それはいいとして、美智也。助けてやったんだから言ってみろ、四天寺先生って」

からかうように言われた言葉に、おどおどと美智也は顔を上げる。

「ん？」

顎をしゃくって促され、震える唇を一度ぎゅっと噛んでから、言われた言葉をこわごわと繰り返した。

「四天寺先生……」

逆らう気力など、どこからもわいてこなかった。

ああ、やっぱり楽しい。退屈だけは絶対にないな。

洋介は美智也を見ながら、鬼畜《きちく》なことを考えている。

嫌がるのを無理やり従わせるのは、ぞくぞくするほど楽しい。さっきの篠塚も、小生意気《こなまいき》な美智也のプライドをへし折ってやりたいという目をしていた。気持ちはわかるが、あんな男にこいつを渡してなるものか。こっちが握っているのは究極のネタだから、どんなに嫌でも美智也は俺に、従うしかないのだ。

勝気そうな光を湛えていた瞳は、伏せ気味にするだけで驚くほどの艶《つや》を帯びる。完全に相手の気力を挫《くじ》くのは本意ではないが、自分にこんなイジメ心が潜んでいたなんて、これまで考えたこともなかった。

目の前の壁に凭れかかった美智也の身体が、力をなくして今にもへたり込んでしまいそうなのを見るだけでも楽しくて仕方がない。

「もっとこっちへ」

促すと、美智也は背を預けていた壁から離れ、おぼつかない足で何歩か進み出た。手を伸ばせば届く距離で、洋介は美智也の腕をぐいっと引っ張った。ぽすんとしなやかな身体が腕の中に落ちてきた。慌てて突っ張ろうとするのを押さえつけ、

「キス……」

と耳元で要求した。抱きすくめた身体が硬直する。

「……いやだ」

思わず言葉が出たのだろう。言ったあとで慌てたようにこちらを見上げてくる。

「オレ、男だぜ」

精いっぱいの言い訳のつもりだろう。

「唇は男も女も変わらないさ。この間したの、忘れたわけじゃないだろうが」

「……え？」

え、というより、げ、という音に近い言葉を発したまま美智也の表情が、固まった。

……一秒、二秒。まだ動かない。

洋介は、美智也が我に返るのを待ち構えた。さあ、どうする？

「あのときの、セクハラ男……」

身体の反応の方が先だった。真っ白だったであろう頭が、洋介の言葉の意味を理解したとき、美智也は無意識のうちに膝を突き上げ、肘を張って拘束を振り切っていた。

危うく身を反らして直撃は避けたが、意外な反応に仰け反っている間に美智也は部屋の隅に逃げてしまった。それでも部屋を飛び出さないのは、自分の握られている弱みを理解しているせいだろう。

「おま、おまえ、い、いったいなんなんだ！」

美智也は壁にぴたりと背中を押しつけながら、わなわなと指を突き出した。

獲物を前にした猛獣《もうじゅう》のような気分だな。

腕組みをして、洋介はじろじろと美智也を眺めた。こっちを糾弾《きゅうだん》する素振りは見せているが、腰が引けている。出会いはすでに四度目だ、ということを明かしたときの反応がさらに楽しみだ。むきになって突っかかってくるか、完全にぺしゃんこになるか。怯えたような表情もなかなか。

「やれやれ、年長者に対する言葉遣いがなっちゃいないな。叩き込んでやろうか」

「え、遠慮する……」

洋介が近寄ると、美智也は壁伝いにすっと逃げる。間合いの測り方が絶妙で、手の届かない距離を見切っているようだ。洋介は視線だけを動かして、美智也の移動する先に戸棚があるのを目に留める。あの障害物を回避しようとすれば、こっちの手が届く距離に近づかざるを得ない。じわじわと追い込みながら、洋介はにっと笑みを浮かべていた。

美智也は洋介の接近に追われるように身体をずらしていき、ついに作りつけのでかい戸棚に行き着いた。一歩前に出なければ、戸棚をかわすことはできない。しかし踏み出せば、待ち構えた洋介の腕の中だ。

「なんでこうなるんだよ〜」

情けない声を上げて、せめて最後は潔くと決め、あごを突き出して虚勢を張るとわざとらしく手を広げていた洋介の前に進み出た。

厚みのある胸にすっぽりと抱き込まれると、自分の身体の貧弱さを思い知らされる。運動能力では誰にも負けないと思うが、体質的に筋肉が付きにくく、鍛《きた》えても鍛えても見た目の華奢さを覆《くつがえ》すことはできなかった。

自分がなりたかった見本のような男を前に、美智也は二重にも三重にも悔しさを味わっていた。これから何をされるのかと、抱かれながら身体を強張らせていると、相手は意外な行動に出た。

一度強く抱き締めただけで、腕を伸ばして美智也を押しやったのだ。

「それでは、授業を始めようか」

「は？」

そう告げられ、美智也が弾かれたように顔を上げる。

「席につきなさい」

くるりと身を翻して、さっさともとの席に戻る洋介を、美智也は呆然と見つめている。間抜けな表情で立ち尽くしている彼を、洋介は椅子に座って揶揄《やゆ》するように見上げる。

「それとも、続きがしたいのか?」

「ば、ばか! んなわけないだろ!」

怒鳴って、怒りのあまり足を踏み鳴らして自分の席に行き、どすんと腰を下ろした。

「さて、改めて、桐生美智也君。君が特別講習を受けようと思った理由は?」

真面目な顔で、まるで本当の講師のような口をきく洋介に、美智也はまだ順応しきれていなかった。ぱちぱちと長い睫を瞬き、何度か落ち着かないようすで視線を彷徨《さまよ》わせ、それから覚悟を決めたように喉をごくりと鳴らしてから、初めて正面から洋介の視線を受け止めた。

「コンピュータ、苦手なんだ」

言いながら、非現実的な思いを味わう。この男は、自分の正体を知っている男で、脅してセクハラを仕掛けた男で、なのになぜ自分は素直に生徒になっているのだろう。

卒業後はゲームクリエーターになりたいが、アイデアを具象化するコンピュータ操作が覚束《おぼつか》なくて、思ったとおりのゲームが作れない。

反発を感じながらも、俯き加減にぼそぼそとそこまで打ち明けた美智也に、洋介はいかにもというしたり顔で頷いていた。

「ま、確かに君は頭脳労働というよりは、肉体派だな。細腕一本で空を移動できるからには、上《じょう》腕筋《わききん》を相当鍛え上げたとみた。この目で見ていなければ、とっても信じられることじゃないけどな。とはいえそのちっぽけな頭でコンピュータを理解していたとしたら、そっちの方が奇跡だ」

「なんだと！」

思わず顔を上げて洋介を睨んでいた。

「頭《ず》が高い！　俺は講師だぞ」

洋介は、どこから取り出したのか長い棒状のもので美智也の頭をぽこんと叩いた。

「痛いじゃないか」

反射的に頭を押さえ、恨めしげに睨むと、

「言葉遣い！」

またも、ポコンと一発。よくよく見るとそれは、洋介が老人に変装していたときに使っていた杖ではないか。

「痛いので、むやみに頭を叩かないでください」

やけくそのように叫ぶと洋介はにこりと笑い、男前の顔に浮かぶ艶《あで》やかな表情に、美智也は不覚にもどきりとときめいてしまった。

な、なんだ、これ。

内心うろたえている美智也である。

長身でがっしりした体格にもかかわらず、洋介は全体に色素が薄く、男くささとは無縁の容姿ている。色白と言ってもいいくらいの肌で、つい覗き込んでしまった瞳の虹彩《こうさい》は、ただの茶色ではなく琥珀《こはく》色。なのに、無造作に伸ばした前髪が、洋介の整った顔を半分以上隠してしまっている。

「そう、そのようにはっきりと言えば、俺も善処《ぜんしょ》しよう」

うっかり見惚れそうになっていた美智也は、放たれた不遜《ふそん》な言葉に危ういところで自分を取り戻した。

善処しようだと。けっ。こんな汚い手を使ったあげくに善処しようもないもんだ。しかし、こいつは、どうやって俺のことを突き止めたんだ?

口に出したわけではないその疑問を、洋介は美智也の素直に動く表情から察したようだ。

「聞きたいか」

「な、何を」

ぐいと乗り出されて、仰け反った。椅子ごとひっくり返りそうになって、慌てて体勢を立て直す。何をされるかと、無意識のうちに身体が警戒したのだ。正直すぎる反応に洋介が笑いだす。

「まったく、おまえは……」

ひとしきり笑って、浮かんだ涙を拭いながら、洋介はあっさり種明かしをしてくれた。

「尾行と、ハッキングだ。俺はおまえのあとをつけて、住んでいるところを突き止めた。住所と名前がわかれば、情報を得るのに何の不都合もない。さらに、課題を与えて力量も見せてもらった。仲間に欲しい人材だと見極めたら、口説くためにはお近づきにならなくてはね。この学院の講師リストに俺のデータを滑り込ませ、おまえの臨時講師に就任したというわけだ」

「尾行？　課題？　なんの……こと。そんなばかな……」

ようやく美智也に、相手の仕業らしい一連の出来事が関連づけられてくる。アンパンを落としたときに目をつけられ、忍び込んだ先でセクハラされて、もしかしてこの間のロシア人も、全部こいつ？

思わず眩暈《めまい》がした。ハッキングのことはよくわからないが、尾行に対する注意は十分払っていたと思う。それに、アンパンを拾った男と、セクハラ男、どうしたって印象が違うし、ましてあのロシア人、瞳の色は薄いブルーだった。誰に聞いたって、彼らが同一人物だなんて思うかよ〜。

美智也は自分がずっと騙されていたことに今さらながら気がついて、悔しさで拳《こぶし》を震わせた。

「酔っ払いとやくざ、新聞配達も俺だぜ。それ以外にもおまえ、尾行されているって何人かに不審を覚えなかったか？」

それへさらに洋介が追い討《う》ちをかける。

「でもロシア人は、瞳、ブルーだった……」

「おまえ、今時カラーコンタクトも知らないのか？」

皮肉そうに吊り上げた眉で嘲られ、美智也は唇を尖らせた。

「身長も体格も全部違うじゃないか！」

見破れなかった自分が悔しいのが半分、指摘された人間と目の前の洋介が一致せず、謀《はか》られたような気分が半分。出会ってから揶揄されてばかりいる自分を思うと、さらに悔しさが増す。

「見かけの身長を操作するのは簡単だ」

洋介は、座ったまま前髪を掻き上げて端整な顔立ちをあらわにすると、背筋をピンと伸ばしてじろりと美智也を見下ろした。そのあとで、今度は雰囲気を一変させて見せた。肩をすぼめて縮こまり、眼鏡の中からおどおどした表情でこちらをうかがう素振りをする。

どちらも美智也を見ているのは同じだが、印象は百八十度違う。

最初の方は、堂々とした男が虫けらのように相手を見下している感じだったし、あとの方は貧相な男が怯えながら見上げてくる。知らないで双方の身長を問われたとしたら、自分はなんと答えるだろうか。同じ高さだとは、けっして言わなかっただろう。

「くそっ」

小さく歯軋りする。

「上っ面しか見ないから、騙されるんだ」

ニヤニヤ笑って美智也をからかったあとは、洋介はまたもや真面目な講師に変身した。

「さて、どの程度苦手なのか、見せてもらおうか」

美智也はといえば、そんなに簡単に気持ちは切り替わらない。まして、小憎らしい相手に教わるというのが我慢できない。膝の上で拳を握り締め、おまえなんかに教わりたくない、と啖呵《たんか》を切りたくて堪らない状態を堪えながら話を聞いていたので、コンピュータの方に行けと横柄《おうへい》に顎をしゃくった洋介に従う動作が遅れた。と、じっと美智也を観察していた洋介は、

「そんなに反抗的で、いいのかなあ。おまえは俺に弱みを握られているんだぞ」

本当に楽しそうに嘯《うそぶ》いたのだ。

「お、おまえ、じゃない、あんただって後ろ暗いことしてるじゃないか。脅そうったって、そうはいかない」

「ほう? ではもう一度、騒ぎを起こしてみるか?」

膝の上で握っていた拳は、その瞬間爪痕がつくほど力がこもり、そしてがくりと肩が落ちた。どう考えてもこっちの分が悪い。逆らうのは身の破滅だ。

美智也はのろのろと席を移動し、コンピュータの前に座って機械を立ち上げた。

それから二時間、洋介はイラストにぎこちなく色をつけようとしている美智也の操作を嘲り続けた。ばかだの、まぬけだの、そんなのは小学生でもできるぞ、とか。あげくの果てに、操作をやめさせてしまった。

「このままいくらやっても無理だ。コンピュータの基礎はおいおい教えるとして、明日は子供用のお絵かきセットを持ってきてやるよ。そうして色の組み合わせと合成色の作り方を勉強しろ。それから、直線と曲線がマウスで引けるようになる練習もいるな。個人で作る簡単なやつなら、グラフィックはそれで十分だろうし、あとは音か。ストーリーはなかなか面白いが、完成まで先は長いな」

美智也はぶすっと唇をへの字にして不貞腐《ふてくさ》れていた。その頬を洋介がつんつんと突つく。美智也が嫌がって顔を背けると、反抗するなとばかり頬を抓《つね》って引き戻す。

「痛い」

涙目で抗議すると、抓った頬をすりすりと撫でてくるのだ。「手触りいいなあ」とほざきながら。そのあたりで、美智也は抵抗を諦める。抵抗すればするほど、エスカレートしていくということを、早くも学んだからだ。

「まったく、こんなんでよくゲームを作る気でいられたなあ。全部自分でやるには、半端じゃないコンピュータの知識が要《い》るんだぞ。ゲーム作りには、ほかの仕事も山ほどあるだろうが。身のほどを知って、できることに回ればいいのに。呆れたぜ」

美智也が抵抗をやめると、洋介も講師モードに戻る。

「そんなの、面白くない。自分で作りたいんだ」

挑《いど》むように言うと、

「あ、可愛くない」

と、頭をポスポスと叩かれた。

「どうせ現場では分業になるのになあ」

それくらい美智也だって知っている。プロデューサーやら、グラフィッカーやら、サウンドクリエイター、プログラマーなど。グラフィックでさえ、担当している部分しかわからないでやっていることも多いらしい。でも自分でやりたいのだ、全部を。学生の今しかできないことだから。

強情に口を噤《つぐ》む美智也に根負けしたのか、洋介が肩を竦める。

「ま、コンピュータの方は責任もって教えてやるから、安心しろ。特別講習が終わるころには使いこなせるように、叩き込んでやるぜ」

「……それもちょっとやだ」

ぼそっと呟いたせりふは、幸い洋介には聞こえなかったようだ。

その日美智也はみっちり絞られたあと、へとへとになって帰宅した。あの男の前でがっくりと膝をついたも同然の自分が、むかついて悔しくて、何とか仕返ししてやりたいと、そればかりを考えていた。

仮にもレディウィンターと呼ばれるほどの自分が、小僧っ子のようにあしらわれた。

寝苦しくて、何度も寝返りを打っているうちに、あっと気がついた。美智也は、がばっと起き上がる。

今なら『鈴木』に、ハッキングされていると警告を発することができるじゃないか。これまでの出来事が全部洋介の仕業だったとわかったし、それだけ情報を探り出されているのなら、祖父母の住所もあいつは知っているだろう。だったら訪《たず》ねて行っても、今さら居場所をばらすことにはならない。会って祖父に、『鈴木』に警告を発してほしいと頼《たの》めばいいのだ。

最初『鈴木』を紹介してくれたのは祖父なのだから、それなりのルートがあるはずだ。そうすれば、『鈴木』のメールに信頼性が戻ってくる。もしかして、洋介の鼻を明かす糸口も掴めるかもしれない。

「見てろよ、いつまでも大きい顔はさせないからな」

やっときっかけを掴んだので、明日からのむかつく授業にも耐《た》えられそうだ。

翌日の授業に洋介は、低学年向けのお絵かきソフトを持って来てくれた。驚いたことにそれは洋介が片手間に開発したもので「著作権を持っているのは俺だから、気にせず使っていいぞ」などと笑っている。

「あんた、普段、何やっているんだ?」

美智也は、ソフトをパソコンに組み込む作業に四苦八苦しながら、自分の悪戦苦闘を涼しい顔で見守っている洋介に尋ねた。

「市場経済を見守っている」

「はあ?」

「ついでに世界情勢も分析している。そして夜、時々泥棒になる」

「なんだ、それ」

「手が止まっている」

ポコンと頭をはたかれた。

「痛いじゃないか。簡単にぽんぽん叩くなよ」

「呆れてるんだ、手も出るさ。CDを押し込むだけで自動的にプログラムを呼び込む設定になっているのに、なんでそんなに手間がかかるんだ」

額を押さえながら、どうしようもないやつだとジェスチャーで示されて、美智也の唇もぐっとへの字になる。

「そんなの、オレが知るかよ。こいつに聞いてくれよ。なんで呼び込まないんだって」

「ちょってどいてみろ」

美智也はふくれっつらのまま立ち上がった。自分だって、いつもはソフトを組み込むくらいはできる。だけどこのパソコンは、なぜかすんなり認識してくれないんだ。

は、速い。横から見ていると、代わって座った洋介の指は目にもとまらぬ速さでキーボードを叩いている。ショートカットキーを使っているのだろう、マウスにはまったく触れないままあちこちのウィンドーを開き、閉じ、めまぐるしく画面が変わって「そうか」という小さい呟き。

「よしこれでいい」

何がいいのか、美智也にはさっぱりわからない。手招《てまね》きされて、譲《ゆず》られた椅子に座り直し、言われるままトップ画面から操作をやり直した。CDを押し込んだ途端、パソコンがウィーンと働き出した。ソフトを組み込む画面に切り替わる。

「あれ、どうして？ さっきはどうやってもこの画面にならなかったのに」

悔しさ半分でマウスをクリックする。すんなり進む画面に「おまえのやり方が駄目なんだ」と、またばかにされると、唇を噛んだ。しかし。

「悪かったな。そのパソコン、自分のCD装置をきっちり把握していなかったんだ。設定するときに、誰かがミスったんだろうと思う」

微笑しながら柔らかく頭を撫でられた。

自動的に進む画面から目を離して、びっくりした表情で見上げると、

「コンピュータも時々は間違いをする。まして人間がするのは、仕方のないことだ。間違いの原

因を追求し、反省して同じ間違いを繰り返さないことが上達への第一歩だな。その点おまえのは、おっかなびっくりなのはいただけないが、同じ間違いはしないから、誉めてやろう」

そうして、ひどく色気のあるウィンクで美智也を翻弄《ほんろう》したのだ。なぜだか真っ赤になってしまった美智也は、慌てて顔を背けて、コンピュータの画面を睨む羽目《はめ》になった。

なんでオレ、動揺してんだ？　男にウィンクされたくらいで。げげって思うのが普通だろう。

自分に突っ込みを入れながらも、顔の赤みが取れるまでかなりの時間を要した美智也だった。

最初の数日で美智也の理解はぐんと深まった。篠塚と違い、洋介は美智也の初歩的な質問にもちゃんと答えてくれる。ただし、必ずペナルティのおまけつきで、ポコンと叩かれるのはまだましで、教える代償だとか、罰ゲームなどと言っては、油断していた美智也を抱き込んでしまうのだ。

慌てて暴れるのを面白がって眺めたあとで、そのまま放してくれることもあるし、気が向くとキスを仕掛けてくることもある。一方の腕で拘束しておいて、微妙な部分を突つきにきたりすることもあるので油断できない。何度もそんなことがあると、慣れてしまう自分がいて、ちょっと怖い。マウスでスムーズに線が引けるようになったころ、「おまえ、このごろあんまり嫌がらなくなったなあ」と嘆息《たんそく》されてぎくりとしたことがある。

復讐の計画があるから我慢《がまん》しているのだと、必死で自分に言い聞かせなければならなかった。

その週の終わり、美智也は隠居生活を送る祖父母の元を訪れた。早く行きたいと気は焦《あせ》っても、新幹線と在来線を乗り継ぐほど遠くにいる祖父母を、平日に訪ねることはできなかったのだ。電話は盗聴がちょっと怖いし。洋介がどの程度こまめに自分のことをチェックしているかがわからないから、用心するしかない。

しばらくご無沙汰していたので、田舎で家庭菜園を作りながらのんきに生活していた祖父母は、美智也の来訪をとても喜んでくれた。祖母はさっそく畑から新鮮な野菜を取ってきて、いそいそと料理を始める。祖父は、美智也の顔を一目見ただけで、相談事があると気がついたらしい。

「縁側《えんがわ》においで」

と誘った。年を取ってほとんど骨と皮みたいに痩せている祖父は、それでも元気で矍鑠《かくしゃく》とした笑顔を見せている。台所でことことと音がしているのを聞きながら、美智也は座布団を抱えて祖父の隣に座った。庭を眺めながら、近況報告をしているふうを取り繕って、『鈴木』のセキュリティが崩壊していることを、何とか先方に伝えたいのだと話す。一度目はほかの同業者と鉢合わせ、二度目は『鈴木』の依頼ではない仕事をさせられたと正直に話すと、祖父はぎゅっと眉を寄せた。

「潮時だとは、思わんのか」

なんとか正業に戻したい気持ちはそのままらしく、じろりと美智也に視線を向ける。

「じっちゃんだって結婚するまでは、足なんか洗わなかったじゃないか。オレも守りたい大切なひとができたら、すっぱりやめるさ」

いつもと同じ押し問答になったので、祖父ははあっと肩を落とした。

「強情《ごうじょう》じゃのう。まったく誰に似たのやら」

「頑固なのは、じっちゃん譲り」

笑いながらぺろりと舌を出すと、

「わしがばかな自慢話をしたばかりに」

と嘆息するのも一緒だ。それでも、祖父のルートから『鈴木』に警報を出しておこうと約束してくれた。

目的は果たしたので、あとは祖父母に甘やかされてゆっくり過ごした。帰るときにはいつものようにどっさり野菜を持たされて「でもオレひとりなんだよ、どうやってこれ、食べるんだよ」とぶつぶつ零しながら電車に乗った。

その野菜を、美智也は月曜日に学校に持ってきた。午後まで購買のおばちゃんに預かってもらって、もちろん賄賂《わいろ》として一部を進呈したのだが、特別講習の前に引き取りに行って、部屋の隅にどさっと置いた。これを口実に洋介に探りを入れるのだ。なんとなくわくわくした気分で、洋介が入ってくるのを待つ。

時間きっかりにドアを開けた洋介に、美智也は袋を指差した。

「お礼」

「なんの？」

面食らったらしい洋介に、美智也はにっと笑ってみせた。

「オレにわかるように教えてくれたお礼。野菜、じっちゃんにいっぱい持たされたから」

「ああ、休みの間に里帰りか」

その言葉に、やったと内心拳を握る。洋介は、自分が祖父母の元を訪れたことを知らなかった。祖父母を訪れた美智也の本当の目的も、野菜で目晦ましできる。

ほっとした気分で、講師用のコンピュータで、週末の宿題だった美智也の試作品をチェックしている洋介を盗み見た。

この次『鈴木』からの連絡で仕事をしたとき、洋介は自分が出し抜かれたと知るのだ。そのときの茫然とした顔を想像すると、思わず顔が崩れそうになって、慌てて引き締めた。が、思いはまたそちらへ流れていって、洋介の前でどうだと胸を張る自分を想像していると、ふいにポコンと頭をはたかれた。

「真面目にやれ」

「はいはい」

叱られても今の美智也は気にならない。出し抜いてやる計画で、心はふわふわ状態だ。浮かれたさまに、洋介が内心眉を顰《ひそ》めているなんて、まったく気がついていない。警戒モードの洋介の、真相を見抜く眼力について、このときの美智也はまだ何も知らなかった。

意外に早く、『鈴木』からのメールが届いた。あらかじめ祖父を通して送られてきていた小さな紙片を見ながら、音号化されたメールを解凍する。

国家機密並みのセキュリティに改めたと前振りがあり、そのあとに依頼が続いていた。

今回のターゲットは仏像だ。京都のさる有名な寺にある仏像の、胎蔵仏《たいぞうぶつ》だったという。大きさは親指よりはちょっと大きい程度の、金無垢の観音像。室町時代より前の作で、言い伝えでは、持ち主に富をもたらす仏像だという。ただし、幸福は約束しないといういわくつきで、蓄積《ちくせき》された富に押し潰されて人生を棒に振った者も多いという、恐ろしい仏像だ。

それでも富を欲しいと願う者は後を絶たず、所有権を巡って何度も揉め事の火種になった。

今回の依頼者は仏像の最初の所有者である寺で、元通りの胎蔵仏に戻して供養《くよう》したいという意向らしい。

仏像の現在の持ち主の詳細を見ているうちに、美智也はちっと舌打ちする。

持ち主は肌身離さず仏像を身につけているとある。

「それってまずいじゃん。盗み出すといっても、どうすんだ？　白昼堂々スリ取るしかないのか？　ま、スリの技術もじっちゃんに仕込まれたから」

なんとかなるだろうけど、と呟きながらそのほかの雑多な情報を読んだあと、美智也はパソコンを閉じた。あれこれ計画を練りながら、一番の問題は、このメールが洋介にばれているかどうかだなと思う。ばれていなければ、さっそく仕事にかかって、『冬』の名刺を残してくる。新聞などでそのことを知った洋介が驚く顔を想像して、美智也の表情が陶然《とうぜん》となる。

翌日美智也は、時間よりは少し早く特別講習の教室に向かった。いつもの椅子に腰を下ろして、洋介が来るのを待つ。扉を開けて入った瞬間の彼を見たら、メールの件がばれているのかどうか、自分でも判断できると思う。いくら表情を抑えていても、知っているぞという瞳の輝きまで隠しおおすことはできないはずだから。

「お、どうした風の吹き回しだ。すっかり準備ができているじゃないか」

パソコンを立ち上げたり、周辺機器の準備をしながらでは、洋介の顔色をうかがうことはできないから、部屋に来ると同時に電源を入れておいた。そうして椅子を引いた状態で、じっと洋介を待ち続けたのだ。

こんなに真面目に相手の顔を見るなんて、初めてかもしれない。

そんなことを考えながら、じいーっと見つめていると、

「どうした？　俺の顔に何かついているか？」

訝しげに聞かれてしまった。やばいという怯みが、つい考えていた正直な思いを口走らせた。

「あんた、色、白いんだ」

「あ？」

「結構でかい身体しているから、もっと色黒でごつい感じでもいいんじゃないかなって」

「なんだそれ」

洋介は講師用のパソコンを立ち上げながら、ますます訝しげに眉を顰めた。

「いや、つまり……」

考えなしに喋ってしまったので、話の接《つ》ぎ穂《ほ》に困った。

「俺の曽祖父がロシア系だったから、先祖返りでもしたんだろう」

せわしく手を動かしながらなんでもないように言われて、返す言葉に迷う。

「ロシア、って、ロマノフとなんか関係あるの？」

恐る恐る聞いてみた美智也の脳裏からは、『鈴木』からメールが届いたことを洋介が知っているかどうか、探りを入れるはずだった自分の思惑のことはすっかり消え失せていた。

「曽祖父はなんとか大公って、お貴族様のひとりだったそうだが」

「え？　それってすごいんじゃ」

「関係ないね、爺々さんの時代のことなんか」

「でも……。じゃあ、さ。財宝とか仲間にするとかって話、は？　そもそもあんた、何しにここへ来たの？」

身体を乗り出して、本当はもっと前に尋ねたかったことを思い切って口にした。口からでまかせを信じたのかとばかにされそうで、つい聞きそびれていたのだ。

ピッと機械が音をたて、準備のできたパソコンを保留にして、洋介が視線を向けてきた。

「そうだったな。おまえを突つくのが面白くて、つい忘れるところだった」

「なんだよ、それ」

「俺の目的はおまえだ」

真正面から真面目な顔でそんなことを言われると、思わず美智也の方が引いてしまう。

「初めて会ったときから興味があったし、仲間にしたいと思ったのも本当だ。だからわざわざおまえの居場所を捜して、ここまで追いかけてきた」

まじまじと見れば洋介は正統派の美男である。見つめられると、迫力のあるその男前の顔に引き摺られそうになる。ましてそんなことを言われたら。あ、オレ嬉しいかも、なんて呟きそうになって、それに自分でギョッとするまもなく、次の洋介の言葉に冷水を浴びせられた。

「俺は受けた仕事には責任を感じる方でね、今はおまえにびしばし仕込むのが楽しい。言うことは何でも信じる単純さは可愛いし、といってのみ込みは悪くないし」

誉められているのか、貶《けな》されているのか、自分に興味があるのかないのか。わけがわからなくなって、美智也は混乱したままぽかんと洋介を見上げる。

その頭をぽんと軽くはたかれて、我に返る。

「余計なことはいいから、始めるぞ」

途端にあっ、と美智也は固まった。

ようやく、自分がしようとしていたことを思い出したのだ。この部屋に入ったときの洋介の表情なんて、まるきり覚えていない。

くそっ。

内心で罵りながら、洋介が何も言わないってことは、きっと知らないんだと思い直す。知っていれば、黙っている洋介ではないだろうから。

よし、やるぞ。

机の下で、ぐっと拳を握り締めた途端、「ばか、手はキーボード」と頭を叩かれた。

上目遣いに恨めしそうな視線を投げたが、洋介は気にかける素振りも見せず、さっさと説明を開始してしまった。

隠れ家のひとつで、美智也は顔を顰めながら鬘をつけていた。昼間女装して出歩くのは、正体がばれる危険性があるので、あまり気が進まない。しかし、ターゲットに近づくにはこうするしかないのだ。色仕掛け、などという言葉が浮かび、美智也は慌ててプルプルと首を振る。やむを得ない計画とはいえ、胸や腰にタッチされないよう細心の注意が必要だ。触られたら一発でばれる。触るというキーワードで、洋介から受けたいくつかのセクハラがぱっと脳裏に浮び、ばばっと顔が赤くなった。

男でもいいなんてやつは、少数派だ、少数派。

頬をぱちぱちと叩きながら、自分に言い聞かせて気を取り直す。

後ろに小さなボタンがずらりと並ぶ、洒落《しゃれ》たハイネックのセーターに、スパンコールのついたスカーフを上手にあしらって喉仏を隠し、いつもより濃い化粧を施して鏡を覗き込む。真昼の日差しの下で、騙せるだろうか。ベルベットでできたドレッシーなスラックスを穿き、共布の腰まであるベストを重ね着する。

外を歩くときはコートでごまかせるが、ホテルに入って薄着になったらどうだろう。アンパン、入れておいた方がいいかな。

洋介との出会い以来、アンパンにトラウマができてしまった美智也だった。

鏡を覗き込んで、全身をチェックする。

ターゲットは、仏像を身につけたまま、ホテルで催《もよお》される姪《めい》の結婚式に出ている。大安なので何組もの結婚式が予定されており、そのぶんロビーはごった返しているはずだ。雑踏に紛れ込むには、派手な雰囲気にあった衣装を身につける必要があった。人ごみを利用してターゲットに近づき、一度目の接触で仏像の在りかを探り、二度目のチャンスを待ってゲットするのが今日の計画だ。

もちろん、一度目で目的を達することができれば、大成功だ。

白昼堂々、衆人環視の中での犯行だから、大胆不敵と評判になるだろう。洋介の茫然とした顔が浮かんできて、美智也はよしっと拳を握る。おまえにはこんなことはできないだろうと、啖呵も切ってやろう。言葉もなく項垂れる洋介を、けちょんけちょんに嘲笑ってやるのだ。

逸《はや》る心が、油断を引き寄せていたのかもしれない。あらかじめ現場の下調べもし、逃げ道も確保した。いつもどおりきちんと計画を立てたつもりだったが、真っ昼間に決行しようと考えること自体、自分を過信していたのだろう。この間の絵画の盗みとは違う。あれは昼間であっても、うまくひとのいない時間を選んだ。今回は周り中にひとがいて、一歩間違えば大変なことになる。

決行前の美智也は、あとからわかる諸々《もろもろ》のことなどは当然意識になく、楽天的に最後の身じまいに余念がない。鬘を引っ張り、簡単には外れないことを確かめて立ち上がった。ぱんと頬を叩いて、自分に喝を入れる。

ドアを開け、閉めたときには、桐生美智也の存在は消えていた。自然な色合いの栗毛色の髪を靡かせた女の子が、軽快な足取りで階段を駆け降りて行く。電車を乗り継いで目的地に向かう間、美智也は窓から外を見るふりをして、ガラスに映る、自分に注がれる周りの視線をチェックしていた。誰かひとりでも不審そうな顔をしていないか。注目を集めすぎていないか。ことが終わったあとで、モンタージュを作られるのなんか真っ平だ。危険を避けるためには、不自然な行動を取らないよう、周囲から浮き上がらないように注意しなければならない。

駅のすぐ隣に立地するホテルは、洒落た中庭を持ち、今はやりのガーデンウェディングの予約も受け付けているという。そのせいか、大安の今日は分刻みで結婚式が行われていて、駐車場は満車状態だし、ロビーに足を踏み入れても、普段ならすぐベルボーイ等が駆け寄ってくるのに、誰も近寄ってこない。着飾った招待客がロビーを埋め尽くし、スタッフはてんてこ舞いの状態らしい。

椅子を確保するのは難しそうなので、美智也は結婚式の予定を眺めるふりをしていた。ターゲットの出席する結婚式は、もうまもなく始まる。大物らしく振る舞うことの好きなターゲットは、こういう機会は必ず五分遅刻してくる。出入り口の近くにさり気なく立ちながら、美智也はメールのあとでわざわざ顔を確かめに行った男が、到着するのを待ち受けた。

腕時計をチラッと眺めたとき、ドアを開けてターゲットが入ってきた。上質のフォーマルスーツを身につけながらも、やば目の雰囲気をまとわりつかせた男が、美智也の横を通り過ぎる。なんとなく感じた嫌な予感を振り切るように、美智也は相手にぶつかった。

「あ、すみません」

心持ち高めの声を意識して出しながら、詫びの言葉を呟き、すっと手を動かす。微妙なふくらみを指先に捕らえ、そこかとわかった途端すぐに男から手を離してぺたんと座り込んだ。

「すみません、本当に。ちょっと挫《くじ》いたみたいで」

視線を伏せ気味に呟いて、スタッフが駆け寄るのを横目で見た。

男はちっと舌打ちし、時計を気にしながらも美智也に手を差し伸べた。

「つかまりなさい」

「いえ、大丈夫ですから。スタッフの方も来てくださいましたし」

蝶ネクタイに黒服姿のスタッフが駆け寄ってくるのを見て、男は手を引っ込めた。

「お急ぎだったのでしょう、どうぞ、おかまいなく」

「遅れているんだ、すまんな」

男は美智也には会釈《えしゃく》を残して、足早にエレベーターに向かった。

ほっと息をついて、美智也は立ち上がった状態で、とんとんと軽く爪先を打ちつけてみた。

「大丈夫のようです」

心配そうに見てくれていたスタッフに、にこっと笑いかける。

「しかし、お客様」

可愛らしい美少女に微笑みかけられて、顔の表情をほころばせたスタッフが、「それでも一応念のため」と医務室行きを勧めたが、美智也は頭を振って遠慮した。

「わたしも、時間が迫っているので」

さりげなく仄めかす。スタッフは、恐縮した風情で引き下がり、美智也は自由になった。なるべく自然にその場を離れる。助けてくれたスタッフの顔は覚えた。どこかよその階で出会わないよう、十分注意しなければならない。

予定した時間がくるまで、最初はロビーで雑踏に紛れて時間を潰した。その間、自分に声をかけてくれたホテルのスタッフの動静は、ずっと視線の隅で確認していた。忙しそうに動いていて、こっちには気がついていないようだ。

計画の中で、男と接触するとき、ホテルのスタッフにも接触する可能性があると念頭にはおいていた。顔を覚えられる可能性があるとすれば、そのときだ。だから神経質なほど気を配った。

その後、ターゲットが出席している宴が開かれている一階下の喫茶店で、コーヒーを飲んだ。

さらに披露宴終了を見計らって階段を上がり、あらかじめ見繕っておいた別の披露宴に紛れ込む。そこは立食形式だったのと、人数が多かったのとで目をつけていたのだ。

ふらりと入り込んで、ばらばらに歩き回っているひとの中に、身を潜ませる。

今日の美智也は、なるべく視線を下げ気味にするよう気を配っている。そうすると、はっきり顔を見られないで済むし、印象も、漠然と暗い感じ、としか残らない。俯き加減にドアのそばに立ち、隣が終わるのを待つ。

まもなく拍手の音がして、先方のドアが開く気配、そして通路にざわざわとひとが溢れ出した。美智也はすっと部屋から滑り出る。男の頭が人ごみの向こうにあった。目線で間に立っている人数を数える。まだこっちには気づいていないようだ。

隣の男と談笑しながら、ターゲットが近づいてくる。壁に寄りかかるようにしながら美智也はポケットからハンカチを出して、額を押さえた。横目で、男がちょうど美智也のそばを通り過ぎるのを待つ。

非常に古典的なやり方だが、美智也の手から離れたハンカチは、ひらひらと男の前に舞い落ちた。美智也はハンカチが落ちたのも気がつかないようすを装って、額に手を当てたままでいた。

「落ちましたよ」

男がニヤニヤ笑いながら、屈み込んでハンカチを拾って差し出した。新手のナンパとでも考えたのか、声に面白がる響きがある。

「あ、すみません」

か細い声で礼を言って僅かに視線を上げた美智也に、「おや？」と相手は声を漏らした。

「君、さっきの」

「え？」

わざとらしく美智也も答える。額に当てた指はそのまま、視線だけで男を捕らえる。

「まあ」

「どうしたんだ？　気分でも悪いのか？」

男にすればやさしい声なのだろうが、声が太く、語調が荒いのでまるで怒鳴られたように聞こえる。

「足が、痛くて……。冷や汗が出て気持ち悪くなったので、抜け出してきたんです」

さり気なく、立食パーティーだった会場を示す。

「それはいけない。あれからちゃんと医者に診てもらったのか？」

「いえ、あのときは大丈夫だったので」

「ともかく、どこかに座って」

男は連れに先に行くように言って、美智也に腕を差し伸べた。

「掴まりなさい。その先の踊り場に椅子があったから」

「本当にすみません」

恐縮しながら、指を伸ばす。縋るように全身で凭れかかった一瞬、男が身につけていた仏像は美智也の手中にあった。

足を引き摺るようにしてようやく踊り場にたどり着き、ほっと息をつきながら腰を下ろした。

「誰か呼んでこよう。待っていなさい」

美智也は男が背を向けた途端、いーっと歯をむき出した。親切な振りをして、どさくさに紛れて男が腰に触ろうとするのを何とか阻止したのだ。あわよくば胸まで狙われていたと思う。結構エロいし手も早い。舌舐めずりしているようだった、厭らしげな目つきを思い出す。あれはこっちを獲物と認識した目だ。

冗談じゃない。目的のものは手に入れたから、さっさとずらかろう。

男が角を曲がるのを見届けてから、美智也はフォーマルバッグの中に手を突っ込んだ。あらかじめ用意しておいた容器に、小さな仏像を捩じ込んでしまう。カチッと音がしてロックがかかり、美智也はひとまずほっとして素早く立ち上がった。見た目は小さなペンライトの形をしているそれに、疑いの目を向けられることはまずないだろうし、それを開けて仏像を出すことは、もっと難しい。

バッグをさり気なく抱えたまま、美智也は足早にもう一カ所の階段まで歩き、混雑するエレベーターを避けて階段を利用するひとごみに身を投じた。少し背中を丸めるようにして、目立たぬように身体を縮めた。二階下のレストルームに、着替えを隠してある。鬘を取り、化粧を落とせばもう大丈夫のはずだ。

ゆっくりとひとの流れに従って下りていたとき、突然背後で騒がしい物音がした。周囲の人々が驚いたように振り返るのに従って、美智也もさり気なく顔を向けて、とたんにギョッとなった。階段の上に立ちはだかって鋭い視線であたりを薙《な》ぎ払っているのは、さっきのターゲット。そのレーザー光線のような視線がいったん行き過ぎ、美智也を認めて戻ってきた。

「そいつだ！　捕まえてくれ」

男の野太い声が頭上から降ってきた。

やばい！

美智也は首を竦める。だがもちろん、慌てて駆け出して、声をかけられたのが自分だと明らかにするようなへまはしない。周りの連中と同じように、きょろきょろと見回して、男が捕まえたいのが誰なのかを探す素振《そぶ》りをする。そうしながら、どうやって逃れるか忙しく思案を巡らせた。このまま階段にいたのでは、すぐに捕まってしまう。

ちょうど下の階に着いて何人かが分かれて通路の向こうに歩き始めるのを幸い、その中に紛れ込む。階段の上の騒ぎはだんだんと大きくなって、男がひとごみを掻き分けて駆け降りてくるのが感じられた。心臓が、どきどきしている。どうしてこんなに早くばれたのかと、沸騰《ふっとう》しそうな頭で訝しむが、冷や汗がたらりと背筋を流れていく危機感の中で、長く考えていることはできなかった。

男が近づいてくる気配と同時に、一緒にいる人々が、訝しそうな視線を向けてくる頻度《ひんど》が加速度的に増えていく。走りたいという欲求が全身を支配する。ここで走ったら身の破滅とわかっていても、しだいに追い詰められていく恐怖心の方がより勝っているのだ。証拠さえなければ、たとえ男に捕まっても言い逃れはできるはずだ。仏像はペンライトの中で、まずばれないはずだが、男が放っていた剣呑な雰囲気が、捕まったら終わりだと美智也を怯えさせる。言い逃れするような余裕など与えてくれずに、引き裂かれそうな予感。

ぞくりと身体が震え、思わずパニックに全身を支配された。不審そうに見守る周囲の視線も忘れ、ついに恐怖のあまり駆け出そうとしたとき、不意に目の前のドアが開いて伸びてきた腕に乱暴に引き寄せられた。

荒っぽく抱き込まれて、分厚い胸板にぶつかったはずみで、うっともぎゃっとも聞こえる色気のない息が漏れた。パニックに陥っていた頭が、闇雲に抵抗命令を出して振り解こうと身を捩るのを、一方の腕が余裕で押さえ、悲鳴を上げようと開かれた口ももう一方の手で塞がれる。それから、覚えのある男らしい響きの声が耳元で揶揄を含んで「俺だ」と囁いた。

美智也は塞がれた口から、うー、うーという声を漏らしている。「俺」が誰か、真っ白になった頭では判断できない。

「時間がない、落ち着け」

相手の声など、耳を素通りしてしまう。必死で身を捩る美智也に相手は業《ごう》を煮やしたのか、きつく抱き込まれていた身体が反転させられ、それまで掌で塞がれていた唇が、もっと熱いしっとりしたもので塞がれた。強張っていた唇が、やさしく解される。きつく噛み締めていた歯列が、頭でそうと理解するより先に相手を察して、歓喜して開いていく。

甘美《かんび》な舌がすぐさま忍び込んできて、傍若無人《ぼうじゃくぶじん》に荒らし回った。縮こまっていた舌を強引に引き出され、甘噛みされ、痛いほど吸われて腰が砕けていく。抵抗していたことも忘れて、キスに夢中になり始めた身体を無意識に相手に押しつけてから、ようやく美智也は自分を取り戻した。

唇が捕われたままだったので、上目遣いに相手を確かめる。思ったとおりの顔がそこで待ちかまえていて、美智也はくらりと眩暈を覚えた。なんで、ここがわかったのだろう。今回のメールのセキュリティがもう破られたのだろうか。

そんなことを頭の片隅で考えながら、唇を委《ゆだ》ねたままぼんやりと相手の顔を見ていた。意外に長い睫は伏せられ、ぞくりとする色気のある影が、男らしい頬のあたりに漂っている。じっと見つめる美智也の視線を察したのか、相手が閉じていた瞼を開いた。

どちらかというと鋭い切れ長の瞳が、今は欲情したためか艶を含んで甘く潤《うる》んでいた。

恥ずかしくなるようなチュッという音を立てて唇が離れ、美智也は顔を真っ赤に染める。

「落ち着いたか」

声にはすでに意地悪そうな響きが戻っている。

「まったく、世話を焼かせる。どんなに無謀《むぼう》なことをしたのか、自分でわかっているのか」

呆れ果てたと言わんばかりに声をかけられて、美智也の負けん気がむくっと頭を持ち上げた。

「誰もあんたに助けてくれ、なんて頼んでない」

「ほう。ではどうやってここを抜け出す？ ホテルの中にはすでに警報が発せられていて、出入り口はすべて厳しい監視がついているぞ。この忙しい最中にホテル側も大迷惑だが、何せ相手が相手だから、最大限の協力をしているようだな」

「相手が相手って、あの男、街金の親玉だろ？」

「街金といっても規模が違うだろう。やつの顧客名簿を見たことがあるのか。政界財界、ついでに暴力団が裏にいる建設会社などもぞろぞろ挙がっているぞ」

「え？」

「やはり。そこまでは調べなかったのか。この大ばか者」

罵られて、美智也の唇がむすっとへの字に歪んだ。

「とにかく、まずその鬘を外せ」

洋介が、美智也を腕から解放しながら、長い髪をつんと引っ張った。

「痛い」

「痛くはないだろう。ほら、意地を張らずにちゃっちゃとする」

いつものようにぽこんと頭をはたかれる。その慣れたしぐさに、どこか安心する自分がいた。

成功したと思った瞬間の高揚感が、次の瞬間には叩き潰され、今度は追われる立場の絶望感に変わった。そのジェットコースターのようだった感情の高低が、洋介のそばにいるだけで平らに均《なら》されていく。

「急げ」

ドアの外の気配に耳を澄ませていた洋介が、もたもたとピンを外している美智也を急がせた。髪にてこずっている美智也からスカーフとベストを剥ぎ取り、バッグも一緒に、ごちゃごちゃと積み重ねてあるタオルやシーツ類の間に突っ込む。ハイネックのセーターの後ろについているボタンも次々に外して全開にしてしまう。途中で、「いやらしいことするな」と睨んだ美智也の頭を、洋介はもう一度軽くはたき、

「余計なことを考える暇があったら、そっちをなんとかしろ」

と、髪をぐいと引っ張った。

「痛いってば」

まだ外れていない髪は、そんなふうに引っ張られるとピンが頭を突いてひどく痛い。慌てて残っていた何本かのピンを力任せに引き抜き、「これ」と突き出した。

洋介はちっと舌打ちする。外から聞こえるばたばたと慌しい足音に、隠す余裕などないことがわかる。洋介は鬘を奪い取ると上着の下に挟み込み、ぐいと美智也を引き寄せた。そうして美智也を抱き込むと、素肌があらわになるように、背中のボタンを外したセーターを左右に大きく広げ、言葉を発する余裕も与えずに強引に顔を上げさせて、唇を塞いでいく。

文句を言おうとして開いたその隙間に容赦なく舌を押し込んで、四の五の言わせずにきつく吸い上げた。先ほど砕けそうになった快感の余韻がまだ燻《くすぶ》っていたらしく、美智也はひとたまりもなく陥落《かんらく》し、がくがくと震える足が自分の身体を支えられそうにないと悟って、慌てて相手の首に両腕を巻きつけて縋った。

冷たい空気にじかに晒されている背中が寒い、と感じたのは一瞬だった。洋介の大きな掌が素肌を這い回り、鳥肌がたつような快感で、背中は燃えるようにかっと熱くなった。

その瞬間、洋介の後ろで、ドアが開いた。

快感に気を飛ばしそうになっていた美智也の身体が硬直した。

洋介の方は、ドアが開いたことなど気にも留めずさらに深く唇を結び合わせ、一方の手で短い美智也の髪を掻き回し、もう一方の手で傍若無人に滑らかな背中を撫でている。

「んっ、ん……」

出す気のなかった声が漏れて、美智也の全身が羞恥でばら色に染まっていく。

洋介は僅かに角度を変えて、ドアから覗いた捜索者たちに美智也の角張った背中を見せつけた。滑らかな皮膚に覆われてはいるが、どう見ても男の身体だとはっきりわかる。顔が晒されないように気を使いながら、洋介は腕の中の人物は男で、髪の長い美少女とはまったく違うということを、見せつけたのだ。

「失礼ですが、ここは備品室ですので」

ホテルのスタッフなのだろう、遠慮がちにかけられた声に、洋介はようやくキスをしていた唇を離し、「わかった、わかった」とめんどくさそうに返事を返した。唇を離すと同時に、美智也の顔は胸の中に抱え込んでいる。

「それと、髪の長い女性をご存じないですか」

「さあ？　俺たちはずっとここにいたから……。何かあったのか？」

「泥棒です。『冬』というふざけたカードを残して……」

美智也を抱いていた洋介の腕に、瞬間的に力がこもった。それまでも怒っていたようだが、今の言葉で完全に激怒したらしいと、身体を密着させていた美智也にはわかってしまった。あとでどうお仕置きされるかと思うと怖いものがあるが、それでもこの腕の中には安心して身を委ねるもちろん、先に行ってしまった仲間の元へ急いだ。ことができる。

「何が盗まれたんですか」

「非常に価値のある美術品です」

それだけ言い残すと、ホテルのスタッフは、先に行ってしまった仲間の元へ急いだ。もちろん
「その部屋から早く出てください」と言い残すことは忘れなかったが。

何人もの乱れた足音が遠ざかるのを聞きながら、美智也はこわごわと洋介を見上げた。

表情をなくし、瞳に氷の膜《まく》を張り巡らせた男をそこに見出して、美智也はブルッと震えた。高い位置から見下ろされ、いたたまれなくて視線を逸らし、そっと身体も離した。洋介は引き止めるでもなく美智也を腕の中から解放した。

上半身はほとんど裸で、セーターがかろうじて肩に引っ掛かっているような淫らな自分に耐えられなくて、俯いたまま美智也はずり落ちかけたそれを引き上げ、背中に指を回した。ボタンを留めようとしたところを、伸びてきた手に邪魔された。

「脱げ」

冷たい声が命令する。美智也は、わななく唇を噛み締めて、そろそろと視線を上げた。

「やだ……」

かろうじて小さな声で拒否した。

「そのセーターは目立ちすぎる。自分から正体を晒すつもりか」

感情のこもらない、事実だけを淡々と話す声に、美智也は慌てて面《おもて》を伏せた。言われることはもっともだ。しかし、これを脱いでも着替えはもう一階下のレストルームに隠してあるのだ。半裸でホテル内を歩くわけにはいかない。

「当然、スラックスもな。そんな女物を穿いていたら、ロビーを抜けることなどできないぞ」

美智也の拒否の言葉など聞こえなかったように、洋介は腕組みをしてじろじろと全身を眺めている。そんなストリッパーみたいなこと、できるわけがない。しかも、これまで散々セクハラされてきたときは、洋介の声音にもからかいの陽気なニュアンスがあり、その仕打ちにキーキー文句を言っても美智也にも余裕があった。

それがこのシチュエーションで、洋介の冷たい声と視線の前で自ら服を脱ぐのは、耐え難《がた》い苦痛だった。洋介の声に少しでも労わりの響きがあれば、これほど惨めな思いをしないで済んだかもしれない。だが激怒していることがはっきり伝わってくる彼からは、優しさのかけらも見出せなかった。

のろのろと、セーターを脱いで床に落とした。ホテル全館に空調が効いているといっても、裸でいられるほど暖かくはない。今度は本当に寒さから全身に鳥肌が立った。

震える指が、次にスラックスのファスナーに触れた。静寂の中チーッとファスナーが開く音がする。スラックスを下ろす手が躊躇い、美智也はその状態でしばらく固まっていた。が、洋介からはなんのフォローの言葉もなく、羞恥で身の置き所のない思いをしながら、美智也はそれを脱いだ。

濃紺のビキニブリーフから、すんなりとした足が伸びている。まだ二十歳前の少年の趣《おもむき》を残した生足だった。両手を自分の身体に回して抱き締めながら、ギクシャクと美智也は顔を上げた。

「脱いだよ」

言ったあとで、きつく唇を噛む。どこか哀願《あいがん》の響きを帯びていたその言い方が、自分でも情けなかったのだ。

「脱いだものをこれに入れろ」

洗濯物を入れておくらしい袋を差し出され、美智也はおずおずと受け取った。脱ぎ捨てたスラックスとセーターを袋に突っ込む。寒さで、歯がカチカチと鳴り出した。裸で、下着とソックスと靴だけを身につけた間抜けな格好で、美智也は悄然《しょうぜん》と立ち尽くしていた。淡いピンクの乳首も、滑らかな皮膚が続く可愛い臍《へそ》の周りも、ひやりと冷たい空気に触れて鳥肌が立っている。

それへじろじろと視線を投げかけてから、洋介は別の袋からシャツとVネックのセーター、ジーンズを取り出した。それらをまとめて美智也の腕に放り込んでから、その上にクレンジングクリームとティッシュをぽんと置いた。

「おまえが着替えをどこに隠したか、俺にわかるわけないからな。間に合わせに用意してきた。風邪など引く前に早く着替えろ」

「これ……」

言い放つと、洋介はくるりと背を向けて、ドアをほんの少し開けて、外のようすをうかがった。

美智也は投げられた衣服をぎゅっと抱き締めて、その中に顔を埋めた。こんなものが用意してあるなら、自分をいたぶる前に最初から出せよと詰ることもできた。だが役に立つかどうかわからないのに、わざわざ美智也のサイズの服を揃えて持ってきてくれたことの方に感激してしまって、文句など宇宙の彼方に飛んでいってしまったのだ。

洋介はちらりと背後を見て、美智也がまだ立ち尽くしたままでいるのを見咎めた。

「早くしないと、やつら、引き返してくるぞ」

叱責《しっせき》を込めて言う言葉に、美智也は「うん」と素直に頷き、あまりに殊勝なその態度に、洋介が思わず目を剥いたことなど気がつきもせず、もたもたとシャツに手を通してかじかむ指でボタンを留めようとした。そのあまりの不器用さに、つい今しがたこいつは、レディウィンターとして白昼堂々男の懐《ふところ》からブツをスリ取るほどの器用さを披露したのではないか、と洋介が呆れたふうで見守っている。

「手をどけろ」

見ていられなくなったらしい洋介が、もたもたした手つきの美智也の指を払い除け、骨ばってはいるがすんなり伸びた形のよい指で、さっさと残りのボタンを嵌めてしまった。

「ぼやぼやする暇があったら、ジーンズを穿け」

いらいらと低い声で洋介が急《せ》かす。

美智也は慌ててジーンズを引き上げ、セーターを着込んだ。

「顔！」

すぐに次の指示を出される。美智也はクレンジングを指に掬《すく》い取って顔に伸ばし、化粧を落とした。ふと見ると、洋介もクレンジングを取って唇に伸ばしている。それを拭き取ったティッシュに鮮やかな口紅がついているのを見て、先ほどの濃厚なキスを思い出してしまい、美智也はいたたまれなくて顔を背けた。

「済んだ……」

化粧を綺麗に拭き取って、美智也がか細い声で告げた。

「汚れたティッシュも全部、袋に入れろ」

洋介の言い方は相変わらずきつい。一度機嫌を損ねると、なかなか回復しないようだ。

シーツの間に押し込んだベストやスカーフ、バッグを引き出して鬘と一緒に同じ袋に放り込んでから、洋介は口をきつく縛り、洗濯物を投げ込むダストシュートに押し込んだ。

「あ……」

慌てて覗き込んだときには、包みはすでに地下のランドリールームへ向けて落ちてしまっていた。

「まずいよ、そっくり証拠品になるのに。指紋だってそのままだし……」

盗んだ品物だって入っているのにと言う前に、荒っぽい口調で遮られた。

「心配いらない。それより行くぞ。覚悟を決めろ、これからが正念場だ」

一度美智也の全身に視線を走らせて、疑いを持たれるようなところがないかチェックしてから、洋介は無言でドアを開け放った。ついてくるようにと顎をしゃくってから、堂々と廊下を歩きだした。美智也も慌ててあとに続いた。

「顔を上げていろよ」

つい俯きがちになる美智也は、途中でひと言注意されたが、あとは緊張感と気まずい思いで黙り込んだまま、ロビーまで降りてきた。

最前あれほど多くひとが群がっていたロビーは、今妙に閑散《かんさん》としている。そして、正面玄関の前には、例の男と制服のガードマンが数人、ホテルのスタッフも付き添って、出入りする顔を執拗《しつよう》なまでに厳しくチェックしていた。

「ごまかせるだろうか」

一瞬心細くなった美智也が聞こえるか聞こえないかの小さな声で呟いたのを、洋介は耳ざとく拾い上げていた。

「おたおたするな。胸を張っていろ。それと何か聞かれたら、俺にふれ。余計な返事をして言質《げんち》を取られないようにな」

「うん、わかった」

「わかりました、だ。見た目の立場を崩すな」

改めて見直すと、洋介はダブルのフォーマルスーツをきちんと身につけていた。確かにジーンズ姿の自分が対等な口をきいていれば、おかしく思われるだろう。それにしても長身で肩幅もある洋介がきちんとした格好をすると、似合いすぎてうっかり見惚れてしまいそうだ。普段は雑に掻き上げている前髪も、今は整髪料でも使っているのか、ピシッと後ろに撫でつけられていて、美智也は、自分には到底備わっていない大人の男の魅力が、洋介にはたっぷりあるのだということを悔しさとともに認めざるを得なかった。

当然ながら彼らは出入り口で止められ、名前や職業を聞かれた。洋介ははっきりとS大職員と名乗り、美智也のことは自分がアルバイトで講師をしている専門学校の学生だと説明した。

「学校でトラブルが発生したので、呼ばれました」

「わざわざ、お迎えつきですか。電話などでも、間に合ったのでは？」

ガードマンのひとりが訝しそうに尋ねるのに、

「それだけ切羽詰《せっぱつ》まっていたのでしょう。携帯の電源は切っていますし、内線電話で呼び出してもらうのも、ちょっとまずい状況でしたから」

洋介はなんでもないことのように答えた。そのそばで美智也は、なるべく平気な顔を取り繕って立っていた。横顔に、執拗に視線を当ててくるのは、美智也のターゲットだった男だ。その舐めるような視線のしつこさに、身体中がむずむずしてくる。

「これは、すべてのお客様にお願いしているのですが、持ち物検査と、簡単なボディチェックをさせてください」

「お断りする」

当然頷くと思った洋介が、吐き捨てるようにその提案を拒否した。美智也はびっくりして洋介を振り返る。

「何の関係もない人間を捕まえて、犯人扱いとは失礼な。あなた方は警察ではないでしょう。そんな横暴な真似《まね》が許されると思っているのですか」

ここは穏便《おんびん》に、身体検査でもなんでもしてもらって早く解放された方がいい、と思っていた美智也の顔が引き攣《つ》った。考えてみれば、仏像はバッグの中だったと、洋介にはまだ話していなかった。

やばい。洋介はきっと、オレがまだ仏像を持っていると思っているのだ。

美智也は必死の形相で、ガードマンたちと対立している洋介の上着の裾《すそ》を引っ張った。激昂したやり取りを交わしている洋介は、ちょっと引っ張ったくらいでは、気がつかない。視線が美智也に落ちることはなく、人権と捜査権限について容赦なく相手をやり込めている。

まずいよなあ。

横目でうかがうと、相手方もだんだん表情が強張ってきている。これだけ頑強に拒絶するのは、何かわけがあるのではないかと疑い始めた証だ。

「センセ！」

密かに合図しようとしても、相手が気がつかないのだから仕方ない。美智也は大きな声で、洋介を呼んだ。

「ん、どうした」

なんだこの豹変《ひょうへん》ぶりは、と思わず呆れてしまうほど、洋介が美智也に向けた顔は甘く緩んでいた。正面のガードマンたちに向けていた強面《こわもて》ぶりとは、百八十度も違っている。

「センセ、検査でもなんでもしてもらって急がないと」

あからさまに自分は大丈夫だというのも憚《はばか》られて、美智也はさり気ない口調で、調べられてもOKだということをアピールした。

「そうか、急ぐんだったね」

洋介はわざとらしく額に指を当て困ったという素振りをしてから、美智也に笑いかける。

「でも、嫌だな。おまえの身体に俺以外の誰かが手を触れるのは」

こんなところで何を言い出すことやら。公衆の面前でさり気にカミングアウトなんかするな、と思わず心で絶叫してしまった美智也だった。第一自分はまだ、この男に惚れたと認めたわけではない。この男からはっきり告白されたわけでもない。だから自分たちはまだ、ホモ、ではないはずだ。

それは、あんなことやこんなことはされたし、ち、ちょっとは気持ちよかったかもしれないけど。追いかけてきたとも言われたけど。でも、意地悪だし……。どこまで本気かわかんないし。

口を噤んだままあれこれ考えていた美智也は、喋るよりもはっきり自分の感情を表情に出していたなんて、まるきり気がついていない。赤くなったり、蒼くなったり、照れてみたり困惑したり。くるくる変わる表情を、洋介が面白そうに見下ろしており、ガードマンたちもちょっと息をのんで見ていたなんて、知るわけがなかった。

「こほん」と誰かが咳払いして、美智也ははっと我に返った。注目が自分に集まっていることに初めて気がついて、困惑して身体をずらした。さり気なく洋介の陰に隠れるように、引っ込んでしまう。

「いいでしょう、その代わり手早くしてくださいよ」

ようやく洋介の許可が出て、ガードマンが近寄ってきた。美智也の方には、ターゲットだった男が進み出る。

「ちょっと待った。そのひとはなんです。一般人にまで、手出しされたくないですね」

洋介が素早く抗議し、美智也を自分の方へ引っ張った。結局、別室でガードマンひとりが立ち会うということで折り合い、美智也と洋介はマネージャールームへ通された。残りの連中と、眉を顰めたターゲットの男はその場に残り、帰ろうとする人々を捕まえては不愉快な提案を繰り返していた。

洋介が徹底抗戦したのに励まされたのか、理不尽だと苦情を申し立てるひとが増え、ボディチェックはなかなか捗《はかど》らなくなってしまった。困惑した表情で頭を下げているホテル側のスタッフと憮然とした表情のガードマンたちを尻目に、ポケットやら所持品やらの検査を終えた美智也と洋介は、今度は丁寧に外に導かれた。

「なんで、あんなところでごねたんだよ」

駐車場へ向かって歩きながら、美智也がもごもごと歯切れ悪く問いかけた。言いたいのは本当は、あんなところで男同士の関係を仄めかすなということだったのだが、あからさまに言えないので、差し支えない方を口にしたのだ。

だって事実じゃないし……。

突き出した唇でそうした美智也の本音を察して、洋介は両方ともに答えた。

「備品室を覗き込んだ男が、あの中にいた。牽制《けんせい》しておく必要があったのと、あれだけごねて、結局何もなかったとわかれば、それ以上は疑わないだろうと判断したからだ。それよりまだ仕事は済んでいないぞ。誰が聞いているのかわからないんだから、言葉遣いを直しておけ」

口に出せなかった問いにまで答えてもらったので、美智也はおとなしく口を噤んだ。

駐車場から車を出し、乗り込んだふたりはさっさとその場を離れた。美智也は身体を捻って未練げにホテルの方を眺めた。肝心のブツは、結局あそこに残したままだ。

初めて仕事に失敗した。洋介に救われたこととともに、それが重く心に圧《の》しかかった。

洋介はずっと怒りを堪えていた。美智也が、メールで仕事の依頼を受けたとわかったときから、燻り続けた火種は、無事に彼を救い出したときから大火事に育とうとしている。腹が立ってむかついて、少女から少年に戻った彼の襟首を引っ掴んで、むちゃくちゃに揺すぶってやりたい衝動をようやく堪えていた。

絶対の自信を持って、美智也宛のメールが自分のところを通るようにトラップを仕掛けたつもりだった。それを回避されて、自分を通さずに美智也がメールを受け取ったとわかったとき、自分でも抑えようのないどす黒い怒りが渦《うず》を巻いた。

プライドを傷つけられたせいもある。コンピュータは苦手だと言いながら、あっさり自分を出し抜いてくれた。なんとなくおかしいと思ったから、美智也宛の情報を新たに検索して、セキュリティの変化したメールを見つけたのだ。生徒として教わっていながら、その裏でこんなことを計画していたことが腹立たしい。

怒りを覚えた原因はそれだけではない。メールの内容を知ってすぐ美智也の住まいを訪ね、中を捜索した。そしてこの真っ昼間、すでに行動を起こしていると知ったとき、あまりの無謀さに心配と怒りで、背筋が震えた。

失敗して取り押さえられる美智也の映像が浮んできて、じっとりと冷や汗が滲んだ。

生意気だけれど可愛くて、からかうとすぐムキになってかかってくる。負けまいと精いっぱい突っ張っているところまで、全部気に入っていた。自分の手を離れたところで、勝手に動いて危険に陥るなど、許せなかった。

この手の中で遊んでいればいいのだ。連れ戻したら、二度と勝手なことができないように、厳しく躾《しつけ》てやる。

そんなことを考えながら、洋介はホテルに駆けつけた。危機に陥っていた美智也を救い出してからも、怒りは治まらない。荒っぽい運転を続けている隣で、美智也も黙りこくっている。初めての失敗のことを反省しているのだろうか。それとも、またこの手を擦り抜けることを画策して

もった。

思った瞬間、腸《はらわた》が煮えくり返った。そんなことは絶対に許さない。ハンドルを持つ手に力がこもった。

しばらく走ったあとで、古びた倉庫街の前を通り過ぎた。利用者がいるのかどうか、あたりはしんと静まり返っていて、人影はない。その中のひとつに洋介は車を横付けする。

車の中からリモコンでドアを開ける。僅かに開いた隙間から車を滑り込ませた。天井近くに明かり取りの窓があったので、昼間なら電気をつけなくても結構明るい。中は広くてがらんとしていて、白い軽《けい》ワゴン車がポツリと停まっていた。

「降りろ」

車を停めて洋介は、ぶっきらぼうに美智也に命令した。

「あっちの車に制服が用意してある、とりあえず着替えろ」

首を傾げながら、美智也はドアを開けた。とにかく今は逆らわない方がいいということを、不機嫌なままの洋介から察しているからだ。逆らうと、何をされるかわからないという危機感がある。

白いワゴン車には、クリーニング店のロゴの入った上着と帽子が置いてあった。

「これって……」

すぐに洋介の計画を察して、美智也は後ろから歩いてきた洋介を振り返った。

「証拠品をそのままにするわけにはいかないだろう」

美智也が陥るかもしれないさまざまな失態をシミュレーションして、洋介はできる限りの手を打っていた。服を着替える必要があるだろうと用意したときには、当然着替えた服の処分方法まで考えた。そのどれもが、もしかすると必要ないことかもしれないが、万全の準備を整えておくことは決して無駄にはならないのだ。それがいつもの洋介のやり方だった。

美智也が今度は手早く服を着替えるのを見ながら、洋介もフォーマルスーツを脱ぎ捨てた。髪を乱し、黒縁の眼鏡を掛け、帽子を被る。それだけで随分印象が変わった。着替えた美智也にも帽子を被らせ、なるべく目を伏せ加減にしていろと注意する。

「行くぞ」

洋介は車のエンジンをかけ、美智也を乗り込ませてから、先ほどの道を逆走してホテルに戻った。もちろん今度は玄関ではなく、地下にある業者用の駐車場に車を乗り入れる。もしかしたらこちらも警戒されているかと心配していたが、警備員は立っていても入る車を停めるまではしていない。業者の出入りを禁止するほどのことではないと、上層部が判断したのだろう。その代わり、出て行く車はいちいち停められて警備員が中を確かめていた。

奥の空いているスペースに停めて、洋介はきびきびと車を降りた。美智也の方は降りるとすぐ、出入り口を振り返って警備員のチェックを心配そうに見ている。

「さっさとしろ」

低い声で叱責する。今は時間との競争なのだ。まごまごしていると本物のクリーニング業者が来て、大変なことになる。

「逃げられる？」

よほど不安だったらしい。洋介のあとを小走りについてきた美智也が、我慢しきれなくなったように尋ねてきた。

「急げばな」

素っ気なく答え、これから先は絶対口を開くなと言いおいてから、事務所に顔を出す。

「いつもお世話になります」

　愛想よく声をかけ、「ああ、連絡来てますよ。いつものとおり、お願いしますね」という返事をもらって、脇の通路を入って最初のドアを開ける。

美智也は狐《きつね》につままれたような顔をして従っていたが、部屋に入った途端、ぱっと晴れやかな表情を浮かべた。そこはランドリールームで、各階のダストシュートから投げ入れられた洗濯物がすべて集まっている。

洗濯物の山に走り寄った美智也は「慌てるな」と咎められ、「でも」と文句を言いかけて、洋介にきつく腕を掴まれた。

「これを全部運び出すんだ。急げ」

「え？」

訝しげに首を傾げたのは一瞬、さすがに美智也も何度も修羅場をくぐってきている。余計なことは言わず、台車に袋を山のように乗せて、車に引き返した。ふたりがかりで荷台に乗せ、もう一往服してすべてを積み込んだ。洋介は目立たぬところに印をつけておいた袋がちゃんとあることを、その間に確認している。

事務所に挨拶し、車に乗り込んだ。あとは警備員の前を通り過ぎれば。

洋介がちらりとうかがうと、美智也は膝の上でぎゅっと拳を握り締めていた。こっちの計画のすべてを知らないから、出会う困難のひとつひとつが神経に障っているのだろう。

車が停められることなく警備員の横を通り過ぎたとき、美智也はびっくりしたように洋介を見上げてきた。そのまま道路を走り、適当なところで右折と左折を繰り返し、手間取ることなく元の古い倉庫に戻ってきた。

「もうひとつ仕事が残っているぞ」

自分たちの洗濯袋を取り除けたあとで、残りをクリーニング店に届けなければならないと洋介は告げる。

「棄《す》てるとかえって足がつくからな」

真冬にしては暖かな昼下がり、洋介の運転でワゴン車をクリーニング店に乗りつけ、堂々と駐車場に置き去りにしてきた。もちろん指紋や遺留品がないことを、確認してからのことだったが。車がもともとその店のものであったこと、依頼や受注の電話に割り込んで、変更事項を、つまり偽のということだが、それらをホテル側に流しておいたこと。入るときと出るときが同じ人間だから、出入り口に立っていた警備員も、ワゴン車を停めなかったのだということを、合流した車の中で、洋介は疑問だらけの美智也に素っ気《そけ》なく説明した。

「おまえのようなやっつけ仕事は、俺の趣味じゃない」

最後にそう言い捨てて、洋介は美智也を膨れさせた。

厳しい表情のまま運転を続ける洋介には、声をかけづらい雰囲気があった。美智也は、これからどうする気なのか尋ねたくて何度か横顔をうかがったが、取りつく島もない雰囲気に、とうとう諦めて座席に深く座り直した。

改めて一日のことを思い返すと、よくもまあ切り抜けられたものだと感心する。自分ひとりなら、今ごろは警察の留置場の中だったろう。そう考えると抑え切れない震えが走る。自分がしていることは、逮捕されても仕方がないことなのだと現実を突きつけられて、それまでの成功に次ぐ成功で思い上がっていた心をぺしゃんこにされた。

祖父の自慢話に釣られた自分は、なんと浅はかな思惑で盗賊稼業に手を染めたことか。半ばゲームとしてしか認識していなかったつけが、今日の大失態を招いたのだ。洋介が駆けつけてくれなかったらと思うとぞっとする。

黙りこくって運転している洋介をちらりと見て、美智也は視線を窓外に流し、聞こえないようにため息をつく。

自分はちっぽけな自己顕示《けんじ》欲からこの道に足を踏み入れたが、大人の男である洋介は、どうして盗みなどするようになったのだろう。手痛い自己反省を済ませたあとは、相手のことが気になりだした。彼に関する断片的な知識を思い返して、自分がこの男のことをほとんど知らないのだと気づかされる。

ひいおじいちゃんがロシアの貴族で、もしかしたら莫大な秘宝の秘密を探していて、コンピュータの専門家で大学の助手。特別講師として学院に来ているのは、オレに興味を持ったから。そうだよなあ。オレに興味があるって言ってたんだよなあ、こいつ。だから追いかけて来たって。今日だって危険を承知で助けにも来てくれたし。それってつまり、オレを好き、だからだよなあ。

都合のいいことだけを思い出して、端整な横顔をチラッと眺め、美智也はぽうっと赤くなった。慌てて自分の頬を押さえる。

お、男同士で、不毛だ。

だけど、嫌な気はしないのだ。出し抜こうとして無謀なことをした自分を、ちゃんと助け出してくれた。セクハラだって、本当はそんなに嫌じゃなかった。苛められているようで、ちゃんと加減してくれてたし、ごまかさずに認めれば、魔法のような指に翻弄されて感じていた。男同士とか、そんな常識的なことをふっ飛ばせば、自分もこの男のことを、多分好きなのだ。

だったら、オレたち、両想いじゃんか。

考えた途端に、照れてしまって、思いっきりそっぽを向いた。真っ赤になった顔なんて、見せられない。

ひとりで百面相をしている美智也にはかまわず淡々と運転していた洋介が、左折の合図をして駐車場へ入って行く。所定の位置に停め、車を降りると荷物の入った袋を小脇に抱えて、美智也についてこいと合図した。

外はもう夕闇が迫っていた。美智也は「降りろ」と促されて外に出てから、あたりを見回した。

五階建ての幅広い建物が、二棟並んでいる。この駐車場は建物の裏手になるようだ。敷地の周囲はブロック塀で囲われている。洋介がさっさと歩いて行く方向について行くと、表側は花壇《かだん》や芝生に覆われている、ちょっとした公園になっていた。

「大学の職員宿舎だ」

ようやく話しかけてもらって、ほっとした美智也は慌てて尋ねる。

「あんたの住居？」

「そうだ」

部屋に招待されるってことかな？　思った途端、もしかするとそこで……なんて映像が浮かんできて、美智也はぶんぶんと首を振ると、急いで言葉を継いだ。

「こんだけ部屋があるなんて、大学って職員、多いんだな」

「一学年に約一万人いる。四学年と、さらに大学院まで入れたら生徒数は何人になるか。それだけの学生を世話するんだ。ここにいる人数でも足りない」

「そうなんだ……」

考えてもみなかった数の多さに圧倒されて、感心していると、

「ほら、さっさと来い」

肩越しに、立ち止まっていたのを咎められた。

「くそ、忘れた」

近づいて横に並んだとき、何を忘れたのか洋介が舌打ちした。「待っていろ」と言いながら車の方へ戻っていく。ぼんやり立ってそれを見送っていた美智也は、彼の姿が視界から消えると同時にゆっくり周囲を見回す。植木のそばに身体を寄せ、無意識のうちに建物を値踏みしていた。

物干しやカーテンのかかり具合で、どうやらほとんど空き部屋はなさそうだと判断する。

窓の数から、2LDKと3LDKの二種類の間取りがありそうだ。ここから屋上は見えないが、通常の建物の設備だと、給水塔はそこだろう。電話やテレビの線は、共同の引き込み線から各戸に引いている。塀から飛び移れそうな高い木立は……。

「何をしているつもりだ?」

不意に咎められ、美智也はぎくりと身体を揺らした。洋介の気配をまったく感じなかったのだ。観察しながら、意識の一部は駐車場の方へ向けていたはずなのに。

「ここへ忍び込むのはやめておけ。俺自身が適宜センサーを配置して、防犯設計をしたんだ。俺の鼻を明かそうとして捕まったんじゃ、ばかみたいだろうが」

洋介が冷たい表情で言い捨てるので、美智也もすぐに言い返した。

「誰がそんなことするかよ」

「しないと言えるか。今日みたいな無謀なことをしでかすまぬけな泥棒のくせに」

揶揄するように言われて、美智也は唇を噛んだ。

こいつ、オレのこと、好きなんじゃないのか。そのわりには意地悪だぞ。

「行くぞ」

洋介の部屋は、右側の棟の四階。独身者用の2LDKだった。適度に物が散らばり、堅苦しいころのない居心地のよい空間が出来上がっている。

「あんた、ひとり?」

聞かないでもいいことをわざわざ尋ねたのは、胸がどきどきしているからだ。女の子との経験はあったが、男とのそれは、想像の限界を超えている。いつ洋介が手を出してくるかと考えると、ついびくびくしてしまう。

洋介はそんな美智也には目もくれず、袋の中身を開けて確認している。あっと声を上げて美智也も駆け寄った。中からセカンドバッグを見つけ出す。

「それか」

ペンライトを取り出した美智也の後ろから洋介の手が伸び、興味深げに取り上げてしまった。

「どうやって開けるんだ?」

「一度閉じると、開かないようになっているんだ。専用の道具がないと」

「用心深いことだ」

それだけで洋介は興味をなくしたらしい。乱暴にぽんと美智也に放ってよこした。

「あ、乱暴だな。気をつけてよ。金無垢の仏像が入ってんだぞ」

「うるさい。そんなもののために、自分が冒《おか》した危険のことを考えてみろ」

「だって、それが仕事だし……」

「やり方ってもんがあるだろうが。盗んだことさえ知られないようにして、煙《けむ》に巻いてしまうのが怪盗だと思うが？」

腕組みをして、皮肉そうに眉を吊り上げて言われると、美智也もつい口答えしてしまう。本当は素直に礼を言おうと思っていたのに、いつのまにかその軌道から逸れてしまっている。

「余計なお世話だ。そっちこそオレ宛のメールなんか盗んだりして。プライバシーくらい尊重しろってんだ」

「ほう、そのおかげで助かったくせに。どうやら生意気な口がきけないように、躾る必要がありそうだな」

ばかにしたような口ぶりで睨み下ろされて、

「躾るってなんだよ！」

と、悔しさのあまり思わず手を振り上げると、その腕をぐいと引かれて、洋介の胸に抱き込まれてしまった。

「うわっ」

背中にがっしりした胸がある。ぬくもりがじわりと広がって、美智也の心臓が、狂《くる》ったようにめちゃめちゃな鼓動を打ち始めた。今怒っていたのに、一瞬のうちにその感情が衣替《ころもが》えしてしまう。どきどきと高鳴る胸のうちを知られたくなくて、必死で身を捩って逃れようとするのだが、拘束した腕は緩む気配もなく、それどころかますます密着するように抱き締めてくる。仄かなコロンの香りさえ鼻について、美智也は堪らなくなった。

「……放してくれよ……あんた、オレをどうしたいんだ……？」

思わず情けない声で哀願していた。

「まずは、お仕置きだな。それから俺に手間をかけさせたお詫びをたっぷりとな」

耳元で、ねっとりと囁かれて鳥肌が立った。予想していた言葉とは少し違うが、背後から覆い被さる身体が、欲情してオスの芳香を放っているのははっきりとわかった。自分のことを好きなやつのせりふと態度ではない、だから抵抗しろと理性は命じているのに、身体はぐずぐずと溶かされていく。

乱れたシャツの裾から手がするりと忍び込んできて、胸の突起をきゅっと捻られた。瞬間電流が通ったような衝撃を受けて、美智也の身体がぴくんと跳ねた。

「……ぁ」

洋介の指が彷徨いながら、もう一方の突起を探ってくる。捻られた方はまだジンジンと痺れているのに、もう一方まで爪の先で引っ掻かれると、快感が背骨に沿《そ》って滑り降り、腰のあたりからまた這い上がってくる。

「やっ……」

制止しようとして、声が変なふうに裏返った。自分でも信じられないような、甘ったるい喘《あえ》ぎ声だった。

「おお、敏感」

茶化したような声が、耳の中にじかに吹き込まれる。その吐息で首筋がそそけ立った。なんかおかしいと、理性が何度も警告を発している。だが、触られるだけで強烈に感じてしまう身体で、いったいどう抵抗すればいいのだろう。

洋介は一方の腕で簡単に美智也を拘束し、もう一方の腕であちこちを刺激していく。触られたところからちろちろと快感の火種が燻り始め、それはしだいに身体中に広がって、美智也の口から耐え切れない熱い吐息となって零れていく。

「こ、こんな、のっ。無理やりにして、ひっ、楽しいのかよ」

睨もうとして首を曲げ、抗議の言葉の合間に敏感な部分を刺激されて声を上げてしまう。

「無理やり？　これでか？」

股間を鷲掴《わしづか》みにされて、ひゅっと息をのんだ。

「濡れているぜ」

淫猥《いんわい》な言葉を漏らしながら、洋介がそこを揉みしだく。

「あ……あっ」

直接の刺激で苦痛に近いほど強烈な快感に襲われた美智也は、仰け反って、頭を相手の肩口に擦りつけていた。拘束を外そうと洋介の腕を引っ掻いていた指が、ぐっと相手の腕を掴む。

ソフトな刺激などではない。明らかにイかせようとして煽っているのがわかっていながら、翻弄されるままに美智也は声を上げ続ける。じかに触れていないのがもどかしくて、自分から腰を突き出してねだった。頭の中は白熱の白い炎が明滅していて、イきたいと、それ以外は何も考えられなくなっていた。

洋介の指に翻弄され、熱い吐息を零しながら、それでもなかなかイかせてもらえなくて美智也は身悶えする。

「や、や……もう。ああ……」

肩に擦りつけている頭が、もどかしそうに揺れる。

「……お願い、イかせて……もっと、そこ、触って……」

次々と淫らな哀願が零れていく。

「……淫乱だな」

嘲るように囁かれた言葉さえ、愛撫にしか聞こえない。ファスナーがもどかしいほどゆっくり下ろされ、下着ごと下肢を覆う邪魔な衣類を膝まで下げられた。自分がどんな淫らな格好をしているか、一瞬戻った理性が感じ取って身体を縮めようとしたが、それよりも早く、勃《た》ち上がって

もの欲しそうに揺れていたそこを、じかに洋介に握られてしまった。その瞬間、

「あっ、あぁぁ……」

耐え切れない嬌声《きょせい》が零れて、美智也はどくんとその手の中に白濁を噴出した。

白いねばねばする液体が握られた自分自身から溢れて、洋介の指を汚していく。美智也は快感でほとんど気を飛ばししながらも、茫然とその光景を見下ろしていた。

噴出した愛液が、下肢をゆっくりと伝い落ちて、膝まで下げられていた服に染《し》みを作っていた。

「い、や……、いや」

淫らな肢体を晒す自分に耐えられなくて、嫌だと頭を振った。


「何が嫌だ。腰を振って喜んでいたくせに」

素っ気なく指摘して、洋介は衣服を乱した美智也をまじまじと見下ろした。達したばかりで、息を乱しながらぐったりと洋介に身体を預けている。中途半端に乱れた衣服から、滑らかな肌が覗いていた。さっきまで悪戯していた乳首は、赤く煽情的《せんじょうてき》に尖って、洋介の愛撫を誘っている。

その手で逐情させたばかりの小ぶりの性器は、まだ少年らしさを残したピンク色で初々しく、触れても嫌悪感は微塵《みじん》もわかない。

ねばねばする白濁で汚れた手を、何気なくぺろりと舐め、してしまったあとで自分の行為に驚

いた。美智也に関する何もかもが、嫌悪の対象にならないのだ。それどころか、もっと触れたいし、もっと感じさせたいし、淫らな声を上げさせたい。

美智也がぐったりしているのをいいことに、洋介はひょいと彼を抱き上げると、ついでに邪魔な服を取り去ってベッドに運んだ。

ふわっと身体が浮いてさすがにびっくりしたのか、美智也は反射的に洋介の首に両手で縋った。

「な、なにする……」

抗議しているうちに、ベッドに下ろされて、慌ててずり上がろうとしている。さすがにこの体勢で何をされるかぐらいわかるのだろう。さっとカーテンを閉めて外界を遮断《しゃだん》すると、膝の上に素早く圧しかかって、動きを封じた。裸の身体が逃れようと身をくねらすたびに、肌の上に陰影が刻まれ、洋介の目を楽しませてくれる。

「可愛いぜ」

思わず声をかけると、足《あ》がいていた美智也の動きがぴたりと止まり、おずおずとうかがうような瞳が洋介に向けられる。その一瞬の隙を逃さず、意外に細い手首を一まとめにして頭上に縫いつけ、空いた指を喉元から下肢の付け根まで、つうっと滑らせた。指の腹に吸いつくような、極上の手触りを持った肌だった。

達したばかりの美智也自身が、たったそれだけの刺激で熱を持ち始める。

「すごいな」

揶揄するように囁くと、唇をきゅっと噛みながら美智也が恨めしそうに洋介を睨む。

「あんたのせいだ……」

「そうなのか？　だったら責任を取らないとな」

洋介は、勃ち上がりかけた美智也のそれをピンと弾いてから、おもむろに自分の着ているものを脱ぎ捨てた。美智也の痴態に刺激されていた洋介自身も、それなりに体積を増している。見下ろすと、美智也がこっそりとその部分を見つめていた。

「どうした、ひとのものを見るのは初めてか」

悟られたと知って美智也は狼狽《ろうばい》したようにいったんは顔を背けたが、すぐに負けん気の強さを滲ませた瞳を洋介に向けてきた。

「オレ、男だぜ」

「わかっているさ」

「抱く気かよ」

「何をいまさら」

あからさまな言葉を平気なふりで口にしているが、うっすらと赤らんだ目元が、本当は羞恥を堪えているのだと如実に示している。

「そんなの、入るわけない」

「試してみるさ」

洋介は、額に乱れかかっていた美智也の前髪を掻きあげてやった。そうしてあらわになった白い額にひとつ、キスを落とす。必死で睨もうとしている瞳の端にも、そしてその反対側、それから無意識のうちにうっすらと開きかけていた唇にも、ちょんとキスを落とした。

「だから、協力してくれ」

そうしてもう一度、キス。角度を変えて何度もバードキスを繰り返した。誘いかけられて、拒もうと閉ざされていた唇が緩んでいく。綻んだ隙間から、洋介は舌を滑り込ませた。縮こまっていた美智也のそれを突つく。美智也の瞳が、まるで降伏を受け入れたかのようにゆっくりと閉ざされた。こじ開けられるまま素直に口腔を明け渡し、洋介の施す愛撫を受け入れた。舌をきつく吸われるたびに身体を震わせ、密着した肌の間では、すでに美智也のものは二度目の膨らみを見せていた。

ずいぶん素直だな、と洋介は少々疑問に思う。いつもの美智也なら、こんなことを仕掛けられたら、もっとキーキー反抗しそうなものだが。身体の相性がよすぎるのも考えものだ。

そんなよそ事を考えていられたのも僅かの間でしかなかった。抵抗できないのは洋介も同じだった。触れるたびに見せつけられる、普段とはかけ離れた美智也の媚態《びたい》に、洋介こそが我慢の限界を強《し》いられる。傷つけることは本意ではないから、濡らした指で丹念《たんねん》にそこを解す。男同士で繋がろうとするのは、挿《い》れる方も挿れられる方も、忍耐で耐える長い時間が必要なんだと、おかしな感慨を抱く。それでも、そうまでしてでも、洋介は美智也の中に入りたかったし、美智也もそれを望んでいるかのように、熱い吐息を零しながら、恥ずかしい姿勢を我慢していた。

指が三本なんとか入るようになり、これ以上は我慢しきれないと悟った洋介は「すまない、まだきついかもしれない」と謝りながら、解したところに自分自身を押し当てた。先端の嵩張《かさば》る部分をなんとか潜り込ませると、あとはそう難しくはなかった。

ねっとりと洋介を包み込む美智也の内壁は、異物を抱え込んでそれを押し出そうと微妙な蠕動を繰り返している。それが内部の熱さと相乗効果を起こし、洋介はあまりの快感に一気に上り詰めかけた。その波を歯を食い縛ってやり過ごし、滲んだ汗を拭いながら深い息を漏らした。

ただ美智也の方はその間ずっと苦しそうに眉を顰め、洋介の背中に爪を立てていたから、相当つらかったのだろう。思いやってやれなかったことが申し訳なくて、かわいそうで、少しでも楽にしてやりたいと、衝撃で萎《な》えてしまっていた美智也自身に長い指を絡ませた。初めはゆっくりと揉みしだき、芯を持ち始めるのを待って、スライドする指を速めていく。さらに内部に潜り込ませた自分自身を微妙に動かして、指で探り当てた美智也の感じる部分を刺激してやった。

痛みで噛み締めていたのだろう美智也の唇が、しだいに開いていく。息が漏れ、吐息に変わり、しだいに喘ぎ声に変化していく。洋介の背中に縋りついていた腕が、意志を持って彼を引き寄せる。美智也の腰が浮き、洋介の動きに合わせて揺れ始めた。

洋介が腰を引くと、放すまいとして中の襞がねっとりと絡んでくる。一度引いて押し込むと、狭い通路が軋みながら口を開き、歓喜して迎え入れるのだ。腰を引き、突き入れる、その単調な出し入れに、えもいわれぬ快美感が込み上げてくる。

美智也は絶え間なく喘ぎ声を上げ続け、滑らかな肌が汗ばんで艶めいた滑りを帯びて蠢《うごめ》くさまは、視覚と聴覚の両方で洋介を楽しませてくれた。陶器のような滑らかな頬は紅潮して淡い色に染まっているし、ぽっちりと立ち上がった胸のピンク色の粒も綺麗なアクセントとして、洋介の指を誘っている。

「も、やぁ。イかせて……」

喘ぎ続けて掠れた声が、哀願の響きを帯びて洋介に訴える。パンパンに膨れ上がった美智也のそこは、今は愛撫の手もないのに弾けそうに揺れている。少しでも洋介が触れれば、最初のときのように一瞬で逐情してしまいそうだ。少しでも快感を長引かせてやろうと、時々触れるだけで放っておいたのは、美智也にとってはつらいことだったのかもしれない。

だが自分も、かつてないこの悦楽を存分に味わいたかったのだ。狭くて熱くて蕩けそうな美智也に包み込まれた、この至福の一瞬を。

「イきたいか?」

意地悪な問いに、美智也が懸命に頷く。うっすらと開いた瞳は潤んでいて、妖艶な視線を返してくる。それだけで美智也の中の洋介自身が、不意に堪えようもなく限界まで膨張した。

「くそっ」

思わず吐き捨てて、汗で滑る指で、美智也の腰を抱え直した。

「いくぞ」

勢いをつけて動き始めると、美智也もそれに応えようと無意識のうちに腰を動かしている。

「ぁ、いい……あっ、あ」

その声に煽られて、一際《ひときわ》深く攻め込んだところで、絶頂が来た。クると感じた一瞬前、美智也のそれに手を添えてやったので、高みに上り詰めたのもほとんど同時で、そのまま一緒に息を詰めてめくるめく失墜《しっつい》を共有した。


開け放たれたドアから、居間の光がここまで届いている。美智也はぐったりと身体を投げ出したまま、ぼんやりとその明かりを見つめていた。身体の上にはまだ、ずっしりと重たい洋介が乗っている。さっきまで、しがみつくようにして彼の背中に回されていた自分の腕は、疲れ果ててベッドの上にだらりと垂れていた。

やっちゃったんだなあ、オレ。

改めて認識すると、ショックである。好きだと思ったし、好かれていると思ったから、身体を繋げるのは嫌だとは思わなかった。洋介の迫り方は少し強引だったけど、男同士だから即物的になるのも仕方がないと思う。にしても、美智也は大変な思いをしたのだ。あんな格好で準備されなければできないなんて、それを思い出すだけで恥ずかしくて身の置き所がなくなる。

あの、準備される間のいたたまれなさに比べたら、一緒に快楽を分かち合うその後の行為なんか、全然普通で驚くようなことは何もないとすら思えるのだ。

不意に洋介が身動ぎし、僅かに顔を擡《もた》げて美智也を覗き込んできた。目を開けているのを見て、「なんだ、起きてたのか。まだ気を飛ばしているのかと思った」

ちゅっとキスしながら声をかけてきた。

ずるりと、口にできないところから洋介自身が出て行った。あとに何かがつーっと溢れ出す感触を覚えて、「ぁ……」と思わず声を漏らした。

「ああ、すまん。すぐに綺麗にしてやるから」

そのまま洋介が身体を離してしまったので、美智也は突然の喪失感にぶるっと身体を震わせた。想いを遂げ合ったばかりの恋人なら、もっと抱き締めてくれていてもいいのに。身体を綺麗にするより、いちゃいちゃしていたい。

そんな思いを込めて後ろ姿を見つめていたのに、洋介は裸のままさっさと部屋を出て行ってしまった。

「意地悪……」

ぽつんと漏れた言葉は、ひどく掠れていて、またもや自分の痴態を思い出してしまった。

ほんとに、オレ、あんな声であんなこと、ねだったんだろうか。

挿れて、とも言ったし、もっととか、イかせてとか。

考えただけで頭が沸騰しそうになる。

なのに、なんだよ、あいつの態度。身体を綺麗にするより先に、することがあるだろうが。た、たとえば、好きって言うとか。キス、するとか。あ、キスはしたっけ。いや、違う。あんなおざなりのやつじゃなくて、もっとこう……。

うわあ、オレ、何考えているんだあ。

思わず心の中で絶叫してしまった美智也だった。

あわあわとうろたえているときに、洋介が戻ってきた。

「タオルで拭くより、シャワーにしよう。中も洗わないといけないし」

ナカ？　アラウ？　え？

洋介の言葉を頭が理解する前に、ふわっと抱き上げられていた。

げっ、お姫様抱っこ。

そのままバスルームに連れて行かれてしまった。

湯船《ゆぶね》に勢いよく湯が出されていて、もうもうと上がる湯気で、中が霞《かす》んでいた。

洋介はそっとシャワーの下に美智也を下ろし、ひとりで立てるのを確認してから手を放した。シャワーの向きを調節して美智也にかかるようにしてやる。

「気持ちいいだろう」

確かに、情事のあとの身体の汚れは落ちていったが、それと一緒にふたりで共有した濃密な時間まで洗い流されたような気がする。腰のあたりにノズルを押しつけられ、「掻き出しておかないとまずいからな」と言われて恥ずかしい部分も綺麗にされてしまった。その後ざっと全身を流してもらって、湯船に入れられた。

ようやく洋介から逃れて、ひと息つく。洋介の慣れた手つきが、恨めしい。されることのひとつひとつに敏感に反応してしまう物慣れない自分に比べ、余裕でことを運ぶ洋介に、心がざわざわと落ち着かない。美智也は腰を下ろした姿勢から、自分の遥《はる》か上にある洋介の顔を見上げた。

「ん？　どうした？」

頭からシャワーを浴びていた洋介が、伸びてきた美智也の腕に触れられて、首だけ振り向いた。

「これから、オレたち、どうなんの？」

「ああ、そうだな。セックスなんて余計なものが絡んだが、俺の気持ちは変わっていない。おまえさえよければ、相棒としてやっていけると思うんだが」

「え？　相棒？」

「最初から言っておいただろう？　仲間が欲しかったんだ。おまえなら、十分合格だぜ。おまけに身体の相性もばっちりだったし」

笑いながら、悪戯っぽくウィンクをくれて、洋介はシャワーの方に向き直った。

洋介に触れていた指が、そのまま力をなくしてポチャンと湯の中に落ちた。

仲間？　そんな……。

キーンと、耳鳴りがした。ザーザーと湯の流れる音がひどく耳につく。

相棒が欲しかったから、オレに興味があった？　好きだからではなくて？

身体ががたがたと震えだした。美智也は思わず自分の身体を抱き締めた。

うそ……。だったら、全部オレの勘違い？

知らず知らずのうちに爪を立てていた。

痛みなど感じない。混乱した心が悲鳴を上げているのだから。

「オレのこと、好き、じゃないの？」

掠れたような声は、湯気《ゆげ》の中でぽわんと拡散していった。

「ん？」

洋介が聞き咎めて振り向いた。美智也を見て、「なんて顔してんだよ」とくしゃりと頭を撫でてきた。

「オレ、どんな顔、してる？」

「落ち込んでる、途方にくれている。そんな顔をされると、なんか俺が悪いことをしたような気になるじゃないか。確かにバージン喪失はショックだったろうが、そのぶん楽しませてやっただろう」

「バ、バージン⁉」

思わず声がひっくり返った。坂を転げ落ちるようにナーバスに陥《おちい》りかけていた気持ちが、急ブレーキをかけられる。とんでもなく恥ずかしいせりふに、首筋から急激に血の色が広がっていく。

「な、なんてこと言うんだ！　ババ、バージンだって？」

「まんまだろうが、ロストバージン。それとももうほかの男との経験があったとか？」

「あるわけないだろ！」

思わず拳を握って力説していた。

「だろうとは思ったが、確認すると、やはり気分がいいな」

「何？」

「いや、こっちの話」

美智也は思わず吐息をついた。悪びれない洋介を見ていると、自分が好かれていないと嘆《なげ》くのがばからしくなってくる。いや、確かに心の痛みはまだあるのだけれど、バージンなどと評されたことで気が抜けてしまい、責める言葉もどこかへいってしまった。そもそも責めることだったろうか。身体を重ねたのは最初こそ強引だったかもしれないが、流されたあとは合意だったし、相手がこっちを好きだと勘違いしたのは、たんなる自分勝手な思い込みだ。無理やりされたわけでも、酷くされたわけでもない。でも。

「なあ、あんた。なんで、今日オレを抱いたの？　セクハラしてても、これまでは本気じゃなかっただろ。なのに、なんで」

湯船の中に身体を伸ばしながら、尋ねた。

「お仕置き、のつもりだったんだが。そうはならなかったな、お互いこんなに感じてたんじゃ。途中から俺も、歯止めが利かなくなった。おまえ、感じやすくていい身体してるよ」

洋介が、にやっと笑いかけてきた。

「そんなの誉められても、嬉しくない」

ぶすっと呟いて、濡れた顔を手でざっと拭った。

「ねえ、オレのぼせそうなんだけど、先に上がってもいい？」

「ひとりで、動けるか？」

「大丈夫」

と、美智也は答える。腰は重いが、もう一度抱えられての移動なんて真っ平だから。それに、本音を言うと今は触られたくない。

「出たところにバスタオルと着替え、置いてあるから」

「わかった」

力が入らないので、ゆっくりと立ち上がった。さっと伸びた洋介の腕が支えてくれようとしたのを思わず振り払おうとして、美智也はその衝動をぐっと堪えた。

「やばいね、これ」

わざと声を上げて洋介に縋り、戸口に指が届いたところでさり気なく洋介の手を擦り抜けた。

「じゃあね」

後ろ手にドアを閉ざし、洋介を湯気の中に閉じ込める。

歯を食い縛って身体を拭き、新しい下着を身につけ、パジャマを着る。洋介のものらしく大きすぎて、袖も裾も何度も折らなければ着られなかった。

よろよろと居間へ向かう。

ソファの上に乱暴に腰を下ろして、被ったタオルでがしがしと頭を擦る。

最初に感じたショックが少し薄れてくると、だんだんに怒りがわき上がってきた。

だって、最初に手を出してきたのは、あっちなのだ。セクハラめいたことを仕掛けてきておいて、強引にエッチまでしておいて、なんであっさり、仲間なんて言えるんだ？

まさか、好きだって俺が勘違いするように仕向けて、そうじゃないと教えて、落ち込んだ俺の顔を見て笑おうとか考えた？　なんか、冗談のノリでそれくらいやりそうなんだよな、あいつ。

「くそー」

思い切り喚きたい気分だが、そんなふうに自分の気持ちを晒け出すのも癪に障る。

今はたぶん、顔、ぐちゃぐちゃだから見られたくない。できれば洋介が上がってくる前に帰ってしまいたい。でも、そうしたら俺のショック、知られてしまうよな。ロストバージン（げげっ！）で落ち込んでいるだけじゃないって。今のうちに気持ちを封じ込めて、平気なふりを続けるしかないか。

自分に言い聞かせながら、美智也は何度も深呼吸した。

ドアが開いた気配があって、美智也はとっさに顔の表情をつくった。

下だけスウェットを穿き、上半身裸の洋介が首に巻いたタオルで滴を拭いながら、冷蔵庫に手をかけた。

「何か飲むか」

「うーん、ビール、ある？」

「ほらよ」

缶を一本投げてよこされ、美智也は手を出してそれを受け止めた。

「ああ、生き返る」

プルタブを引き上げ、半分ほどを一気に飲み干してから、美智也がふーっと息を零すと、

「大げさだな」

と笑いながら洋介も自分の缶を引き開けた。

ピーナッツやつまみを適当に皿に盛ってテーブルに据え、「食ってろ」と言い残して自分は寝室へ入っていく。すぐにシーツ類を抱えて出てきたのを見て、美智也は思わず顔を逸らした。あの上で繰り広げた痴態を思い出すと、堪らなかった。気がつくと、へこむほど強く缶を握り締めていた。戻ってきた洋介の気配を感じて、慌てて指の力を緩めたのだったが。

ニヤニヤしながら洋介は近づいてきて、美智也の前にジュエリーケースらしい、宝石を散りばめた豪華な箱を置いた。ビールを片手に、その箱を美智也の方に押しやる。

「何？」

「開けてみろよ」

ふたを開けると、微かなバラの香りが広がった。少し色褪《あ》せたような匂い袋が、隅の方に入れ

られている。中は二段になっていて、上の棚には、周囲を色とりどりの宝玉が囲んでいる小さな金の板がトップのペンダントと、対のイヤリングが納めてあった。

下の段には、その金の板がちょうど嵌まりそうな、空《から》の台座を連ねたブレスレットが納めてあった。台座は五つ。ペンダントとイヤリングの金の板を嵌め込んだら、あとふたつ不足ということになる。

「もしかして、ロマノフの？」

「あたり」

「本当にあるんだ？　宝物が」

驚きで目を見開いた美智也の問いに、洋介は軽く肩を竦めて「どうかな」と答えた。

「ないの？」

「わからないんだ。俺は曽祖父からこの空の台座を託《たく》された。きっちり銘板を埋めれば秘密がわかると言われて。だが、隠された財宝が今もあるかどうかは、集めたあとでメッセージを解読し、ロシアへ行って確かめてみなければ、なんとも言えない」

「なに、それ……そんなあやふやで……」

一瞬身を乗り出した美智也は、脱力してソファの背にぐったりと凭れた。

「興味は、ないか？」

「ないことはないけど……」

「一個集めるごとに、かなりのギャラがもらえるぞ」

洋介はびっくりするような金額を口にした。

「すご。お金だけじゃないけど、すごいね。誰が出すの？」

「もちろんスポンサーである曽祖父だ。聞く気になったか？」

からかうように片方の眉を上げる洋介に、美智也は降参と両手を上げた。確かに好奇心はかき立てられる。

「なった」

洋介はロシア革命から、話を始めた。革命が起きたときまだ少年だった洋介の曽祖父は、皇妃の遠縁だったという。革命が起こって日本に逃れるとき、皇妃から託されたのがこのブレスレットで、刻まれている銘板の秘密も王朝の再興の願いとともにその手に委ねられた。ところが秘密を知る者は多く、曽祖父は安全のために銘板をばらして、豪華なネックレスやイヤリングに作り直して売り払ったのだ。必要なときがきたら時価で引き渡しに応ずること、という条件をつけて。

「人間というのは欲ばりなもので、再びロシアとなった祖国のために銘板を買い戻そうとした曽祖父に、気持ちよく応じてくれたのはひとりだけだった。代替わりしたりいろいろ変化はあったにしても、財宝の噂を聞きつけて手放さないやつらがほとんどだった」

「それで、盗んだのか」

「そう。あとふたつも誰が持っているかはわかっているが、手に入れるのはなかなか困難だ。というのも、すでにふたつ盗まれたことが裏のルートで知れ渡っているからな」

美智也は台座だけのブレスレットを取り上げた。

「これ、プラチナだよね。繊細な彫り込み模様がついているから、これだけでもブレスレットとして使えそうだね」

「まあな。そのままでもかなりの値はつくだろう」

「じゃあ、オレに絵を盗ませたのは、たんなる腕試し？　台座に嵌め込めばいいのなら、絵の女性が嵌めているブレスレットなんか、見なくても関係ないだろ」

「いや。おまえが持ってきてくれた絵で、台座の位置に間違いないか確認できたんだ。長い年月の間に、細工されていないという保証はないからな。それに、あの見事な手口。学院で見ているおまえの間抜けさとは違っていて、見直したぞ」

「だから、コンピュータは苦手なんだって」

美智也はため息をついて、話に聞き入っている間にぬるくなったビールを手に取った。一口飲んでから、

「それに結局、あの絵は戻されちゃったし。あんたなんだろ？　あれ」

「まあな」

「見事な手口って言葉、そのままあんたに進呈するよ」

「生意気だぞ、そのせりふ」

洋介が苦笑して、美智也の額をピンと弾いた。

「痛いなあ」

美智也は額をさすりながら文句を言った。

大丈夫、こうして話している間は普通でいられる。不自然な態度も取っていないはずだし。なんとかこのまま切り抜けよう。

苦くしか感じられなくなったビールをもう一口飲み、別の話題を探す。

「そんなことを計画なさってるなら、ひいおじいさん、まだお元気なんだね」

「ああ。百歳を超えているから、身体も少々不自由だし、耳も遠くなってるが、頭と口は健在だ。本宅で看護婦に囲まれて、のんきにわがままを言ってるよ」

「それで、ほかの家族は？　あんたが泥棒やってるって知ってんの？」

「何年か前に、両親も祖父母も一緒に事故でね。俺の家族は曽祖父だけなんだ。だから余計に、希望をかなえてやりたい」

「そっか。計画に巻き込むことで、孫のあんたに生きる意欲を与えてくれようとしたんだね、ひいおじいさん。自分もつらかっただろうに」

洋介は意外なことを言われたというように、目を見張って美智也を見返した。

「そんなふうには考えたこともなかったが、確かにそうだった。おまえ、意外と鋭いな」

「意外とってなんだよ、意外とって」

つい言い返して、美智也はむすっと唇を引き結んだ。

「それで？」

沈黙が少し続いたあとで、洋介が決断を求めてきた。

「俺と組むか？」

「今、答えなきゃいけない？　オレ、事情を聞いたばかりなんだよ」

洋介は肩を竦める。

「おまえが嫌だと言って、俺がそれをおとなしく聞き入れると思うか？　俺には究極の手段があることを、まさか忘れたんじゃないだろうな」

脅しながら、ニヤニヤ笑っている。いくら美智也でも、洋介がもうそんなことはしないとわかっている。承諾せざるを得ない理由を与えてくれているのだ。

美智也はソファの上に両膝を上げて抱え込んだ。その上に頬を預けるようにして、さり気なく洋介から顔を背けてしまう。断れば、それを洋介が許すかどうかは別として、講習が終わりしだい縁が切れてしまう。完全に縁が切れて、顔を見ることもできなくなって、自分は平気でいられるだろうか？

いやだめだ。悔しいやら切ないやら、全部がごちゃ交ぜのこの感情に折り合いがつくまでは。

「わかった。協力する。どうせあとふたつだからね。で、最初のターゲットは？」

「銀行の貸し金庫にあるやつを狙う」

「銀行？　そんなとこ、忍び込むの？　最初からハードだね。で、もう一個は？」

「貸し金庫の方が片づいたら教えてやるよ」

「やれやれ。どうやら、貸し金庫よりもっとやばいところにありそうだね、こりゃ。うんと言って失敗だったかなあ」

「男は一度出した言葉は引っ込めないものだぞ」

えらそうに薀蓄《うんちく》を垂れる洋介の言葉を、ふんと鼻であしらった仕返しなのかどうか、その後帰るつもりでいた美智也は、強引にベッドに連れ込まれてしまった。

「まだきついはずだから、やせ我慢するな」

などと、優しいのか、あるいは美智也の嫌がる顔が見たかっただけなのかわからないせりふとともに、抱き枕にされて朝まで放してもらえなかったのだ。

「どうした、元気ないな」

翌日、特別講習の教室へ行く途中の渡り廊下で、美智也はぼうっと外を眺めているところを沖村に声をかけられた。

「週末、遊びすぎたのか？」

「それもあるけど。行きたくないんだ」

「特別講習？　でもおまえ、凄くいい先生で、わかりやすく教えてくれるって言ってたじゃないか」

「でも今は、顔見たくない。失恋したから」

「はあっ？」

平気な顔を取り繕うのは、洋介の前だけで十分だ。沖村には突っ張る必要がない気安さから、ぽろりと本音が零れてしまった。

昨夜からこっち、美智也は混乱したままだ。せつなく胸が疼《うず》いたり、こっちの気も知らないでと洋介を怒ってみたり、感情がジェットコースターのように揺れ動いている。ひとりで抱え込んでいると、我ながらうっとうしい。

慰めて、と上目遣いで見上げると、この優しい友は慌てたように美智也を物陰に引っ張っていって、すりすりと頭を撫でてくれた。

「四天寺先生だっけ。おまえ、男に惚れたのか。なんでそんなことになったんだ」

「わかんないけど、気がついたら好きになってた」

「くそー、やられた。冗談じゃないぜ。おまえ、凄く嫌がってたから、絶対望みはないと諦めてアクション起こさなかったんだぞ。おまえが男でもいいって知ってたら、俺はひとの道踏み外してでもついて行ったのに」

「なんだよ、ひとの道って」

「つまり男同士の恋なら、ホモ、だからさ。王道を行くとはちょいと言えんでしょ」

茶化したような言い方は沖村特有のもので、こんな言い方をしてはいても、彼なりに心配してくれているのは伝わってくる。だからため息をつきながら状況を説明した。

「好きだと感じたとき、仲間だと言われて。なんか、言い出せなかった」

「信じられないなあ。好き好きオーラを出している、美智也の気持ちに気がつかないなんて。しかも振るなんて。おまえの色気で迫ったら、絶対落ちると思うぞ。というより、落ちてるのにかっこつけてるだけじゃないのか、そいつ」

「そうじゃないと思うけど」

力なく否定して、沖村のせりふのひと言にふと気を引かれた。

「オレ、色気なんてあるのか？」

「あるぞ、すげーやつが」

沖村はまるで自分のことのように、胸を張って肯定した。

「普段はきっつい目が、ちょっと伏せ加減になって翳《かげ》りを帯びたときとか、唇から可愛い舌がちらちら覗いているときとか。癖《くせ》のない全開の笑顔なんか見せられたときにゃ。くーっ！　俺だって、半分はおまえによろめいてるんだぜ。ほんの少しゴーサインを出してくれたら、ずっぽり嵌まる」

そこだけ、真剣な表情でぐっと顔を近づけてくるものだから、美智也は思わず引いてしまった。

「……困る」

「だからその手前で踏みとどまってんの」

沖村はけろっとした笑顔で、美智也の頭をくしゃくしゃと撫でた。

「ま、俺は大丈夫だけどさ、おまえをそんな目で見ているやつ、結構いるんだぜ。だから自信持て」

「相手が男なのに？」

「男だからこそ」

うーん、と美智也は返事に悩んでしまった。自分ではまっとうなつもりで生きてきたが、事実これまで付き合ったのは女の子ばかりで、男に目が向いたのは初めての経験だ。それなのに、はたから見れば自分の相手は男、なのだろうか。

「なんか、庇護欲《ひごよく》をそそる顔をしてんだよ。可愛いし」

「ひとが、気にしていることを」

むっとして下から見上げると、沖村はひらひらと手を振って気にするなと嘯いた。

「とにかくそういうことだから、言わないで諦めるのは早計だぜ。おまえの色気で、迫ってみろ。絶対落ちるから。落としたあとで振ってしまうなんてのもありだぜ。おまえの魅力がわからないやつなんかさ。どうせ失恋と思っているのなら、なんだってできるだろ。流し目で悩殺《のうさつ》して、笑顔でとどめを刺す。しなだれかかってみるのも手だな。ほかの男のことを仄めかしたりなんかしたら、きっと独占欲剝き出しで迫ってくるぜ。部屋から出さないとか、なんとか。うぎゃー、激しそう」

自分で言いながら、自分で首を振っている。

「おまえ、閉じ込められて、ひいひい言わされるんだぜ、きっと」

うひひ、と卑猥《ひわい》な笑い声までもらす友の姿に、美智也が脱力する。

「……沖村」

「それでもそいつがおまえを振るなら、俺がちゃんと慰めてやるから」

「沖村……」

思わず美智也は、沖村の腕を掴んだ。冗談交じりでも、ちゃんと心配してくれている。

「おまえ、いいやつだったんだな」

「今ごろわかったのか」

沖村はおどけた言葉としぐさで、深刻さを払拭《ふっしょく》してくれた。

「おっと、あれ、おまえの先生じゃないか、教室に行くんじゃないか」

振り向いて、意外な近さでこちらに視線を向けている洋介に気がついた。

「今の、聞こえたかな?」

「大丈夫でしょ。聞かれたたって、好き、好きしか言ってないし」

「それが、嫌なんだよ。ともかく、行ってくる」

「おう、頑張ってこい。応援したかないけど、してやるから」

「うん、サンキュ」

うじうじ落ち込むなんて、美智也のキャラじゃない。沖村の言葉で、目の前のもやがぱあっと晴れたような気がした。

ひとの心だって、盗んで盗めぬはずはない。もともとこっちに興味のある洋介のハートなど、あっさり手玉に取ってこそのレディウィンターだ。沖村があると断言してくれた色気を総動員して、洋介の心を奪ってやる。腕によりをかけて、目指せ、ハッピーエンドだぜ!

美智也は、ぎゅっと拳を握って気合を入れた。

「なんだあのせりふは」

ドアを開けて教室に入り、後ろ手に閉めたとき、洋介は中から込み上げてくる不快感で、ノブを握り締めていた。

「俺を落とすだと？　落として振るだと？　よくもほざいたな」

美智也がほかの男と身体を寄せ合っているのを見ただけで、むかむかしたのだ。ここそこ話し合っている内容を小耳に挟んだときは、かっと怒りが燃え上がった。ついさっきまでは、爽《さわ》やかな気分で目覚めたときの心地よさがずっと続いていたのだ。

昨夜熟柿のようにこの手に落ちてきた美智也は、普段の負けず嫌いですぐに噛みついてくるような勝気な態度が嘘のように、素直に快感をあらわにしていた。男同士だという嫌悪感は微塵もわかず、最初は懲《こ》らしめるつもりで手を出した自分自身が嵌まってしまった。

あれほど余裕がなく抱き締めたのは、初めてのことだった。帰るとごねるのを無理やり腕の中に閉じ込め、諦めてようやくおとなしくなった美智也が眠ったあとも、飽《あ》かずにその寝顔を眺めていたのだ。自分でも、まずいぞという気分になっていた。勝気に突っかかってくる美智也も、素直な美智也も可愛すぎるのだ。

それなのに一夜明けたら、なぜ落とすとか、落とさないとかの話をしている？

なぜという疑問には、すぐに答えが出た。あれだけ自尊心を突ついてやったら、仕返ししようと思いつくのは当然だろう。だが、そんな気持ちで仕掛けた昨日の仕事で危ない目に遭ったのに、まだ懲りないのか。それにそんなことをあけすけに話していた一緒にいたあの男とは、どういう関係なんだ。

洋介は苛立たしさのまま、乱暴に機械のスイッチをいれて、授業の準備を始めた。

「俺を落とそうなんぞ、百年早い。やれるものならやってみろ」

昨夜、雛鳥《ひなどり》のように胸に擦り寄って眠っていた美智也に、仲間以上の存在になりそうだと感じた甘やかな気持ちなど吹き飛んでいた。

ばたばたと慌ただしい足音が近づいてくる。

美智也だ、と思うと顔が強張ってくる。遅刻したことへのペナルティを何にしようかと考えて、ようやく顔の強張りを解いた。と、がたんと派手な物音がした。ドアの外で誰かとぶつかったらしい。

「ばかもの。大切なデータだぞ」

どうやら、隣の教室を使用する講師の資料をぶちまけてしまったようだ。

「なんで君は粗忽《そこつ》なんだ。だいたい普段から落ち着きがなさすぎる」

ねちねちと文句を言う講師の声が耳障りだ。確か篠塚とかいう講師だった。前に会ったときも、美智也にしつこく注意をしていて、粘着質《ねんちゃくしつ》なそのやり方が気に食わず、目の前でドアを閉めてやった記憶がある。美智也には怒りを覚えている洋介だが、それでも自分以外の人間がちょっかいを出すのは不愉快だ。

洋介はさっとドアを開けた。

「こいつが何かしましたか、篠塚先生」

言いながら、腰を屈めて落ちていたディスクを拾い上げ、篠塚に押しつけた。

「ほかに何か？」

「いや、どうも……」

目つきに押されて、篠塚がたじたじとあとずさる。

表情を消した面は迫力があり、相手に二の句を継がせない。じっと見つめる洋介に気圧《けお》されて篠塚はあとずさり、もごもごと聞き取れない言葉を呟いただけで、隣の部屋に避難した。

後ろ姿を見送ったあとで、美智也が洋介を振り仰いだ。

なんだ？　と見下ろすと、はにかんだような笑顔を浮かべたので驚いた。

「あいつ、ねちこくて、すげ、やなやつなんだ。助けてくれて、サンキュ」

思わずその笑顔に見惚れ、見惚れた自分に気がついて、洋介はふいとそっぽを向いた。

「ばか。あんなやつくらい、いつものようにあしらってしまえ。言われっぱなしになるなど、おまえらしくないぞ」

「だって……」

美智也は俯いて、言い訳する。

「ややつだけど、オレ本当にコンピュータ苦手だから」

「だから俺が教えてやってるんだろう。だんだんミスも減ってるし、胸、張ってろ」

「う、ん」

あまりにしおらしい態度に、これも演技かと首を傾げる。そのあとも、気を許すなよと自分を戒めているのに、笑顔、笑顔のオンパレードに、ときに目を奪われる。いずれにしろ、昨日までの突っ張って、対抗して負けずにやり返してきた美智也ではない。本気でこちらを落とそうと企《たくら》んでいるのだろう。まったくいまいましい。

昨日のことをからかいかけると、真っ赤になって俯いてしまうし、わかっていてもこっちまで調子が狂ってしまう。

その日の授業はまとめの段階で、美智也の作った試作品に手を入れながらの作業になった。

「なかなか面白い仕上がりになっているぞ。あと二日で完成させような」

「うん」

またもや笑顔だ。少し俯き加減に恥ずかしそうな風情の笑い顔。

こんな顔もできるのか？

負けまいと意地を張って、ぽんぽん言い返してくる部分が影を潜め、素直であまり突っかからない。瞳が潤んでいて黒目の部分と白目の部分のコントラストが、目を奪われるほど鮮やかだ。今も下から覗き込むように見上げられて、長い睫が頬に影を落とす微妙な陰影に影響されている。

まずい。

時間より少し早めに洋介は授業を切り上げ、美智也に車の鍵を渡した。

「事務室に寄って行くから、先に乗って待ってろ」

「うん」

部屋から押し出されても、おとなしく頷いている。何か言いたそうに瞳が瞬いていたが、口を開く前にドアを閉めた。

やばかった。こんな公共のスペースだというのに、美智也を抱き寄せ、あまつさえ不埒《ふらち》な行為に及びたくて堪らなかった。洋介としては、かろうじて自制心が勝利したという状況だ。

まったく。なんだ、あの顔は。

はにかんだ笑顔、満面の笑顔。拗ねたような真っ赤な顔。どれをとっても心臓を直撃する、たちの悪い顔ばかりだ。

洋介は脱力して椅子に腰掛けると、背凭れに頭を凭せかけた。

あと二日。なんとか無事に終わらせたいものだ。

資料をまとめて部屋を出たとき、隣室からも篠塚が出てきた。軽く会釈して行き過ぎるつもりだったが、篠塚の方から声をかけてきた。

「桐生に手を焼かされているんじゃありませんか。可愛い顔をしているくせに、強情でそのくせコンピュータはからきしで」

ねっとりした言い方だ。洋介は不快感で歪む顔を背けるようにして「そうでもありませんよ」と答えた。きちんと教えれば、ついてくる。そんな美智也がわからないままでいたのは、誰のせいだと言いたいのをぐっと堪えた。

「またまた。わたしもあの理解力の欠如には、泣かされましたからね」

洋介は今度こそむっとして立ち止まった。正面に向き直って篠塚を見下ろす。貧相な男がびくりとあとずさった。洋介の迫力に押されたのだ。

「桐生君は物覚えのいい、教えがいのある生徒さんですよ。ゲーム作りには天性の閃《ひらめ》きを持っているようですしね」

「は、まさか」

「見る目がないのは、先生の方かもしれませんよ」

軽口めかしてはいるが、剣呑《けんのん》な脅しも語感に滲ませておいた。洋介とすれば牽制の意味もあったのだ。この男に釘を刺しておこうと考えたことも思い出した。

ふ、ん。この手の男の弱みといったら。

じっと見られているうちに、相手の額にたらりと汗が滲んできた。

「な、何か?」

「いえ、この間、あなたを妙なところでお見かけしたような気がするのですが。人違いかと思って黙っていたのですが、もしかして?」

思わせぶりに言った途端、篠塚はびくっと青ざめた。やはり、何か後ろめたいことをやっているらしい。洋介は、具体的なことは言わず、にやりと歪んだ笑みを浮かべてみせた。

「専門学校の講師とはいえ、教職ですし、まずいんじゃないですか?」

「あれは、本当にたまたまで……。いつもそんなところに行くわけでは」

「そうでしょうか。随分慣れたごようすでしたが」

篠塚は唇をわなわなと震わせている。貧相な身体がいっそう縮んだような感じだ。

「もちろん、わたしは口外する気はありませんよ。桐生君が、できのよい生徒だと認めてくださればね」

「も、もちろん」

篠塚は必死のようすで、かくかくと頷いた。

何か、よほどのことなのだろう。洋介は、ばかな男だと、舌打ちした。秘密が何かもわからないで脅しているやつに、小さくなってしまって。

「では……」

話しかけてきたときとは打って変わって憔悴《しょうすい》した顔で見送る篠塚に背を向けて、洋介は部屋をあとにした。

余計なことをしてしまったという思いがある。潜り込んだ形のこの学院で、あまりひとの記憶に残る振る舞いはしないようにと自分を戒めていたのだが。篠塚を黙らせるにしても、ほかのやり方があったはずだ。それを、自分は何をムキになって……。

それもこれも美智也のせいだ。

自分に思わぬ行動を取らせる生徒のことを思い浮かべて、洋介は顔を顰めた。

ひとの気も知らないで。

心の中で吐き捨てながら顔を上げると、その美智也は助手席にちょこんと腰掛けて、退屈そうにぼんやり外を見ていた。

「待たせたな」

声をかけて運転席に座り、美智也からキーを受け取る。美智也はにこっと笑って、洋介を出迎えた。

その笑顔に作為を感じる。気を引き締めながら、さり気なく尋ねた。

「晩飯、なんにする?」

「なんでも」

「じゃあ、皿うどんを食わせてやろう。あれなら野菜もたっぷりだし、見た目も豪華でボリュームもある」

スーパーに寄って材料を買い込んで帰宅すると、洋介は急いで準備にかかった。野菜と肉を炒めてたれを絡め、揚げ麺の上にのせると、洋介はダイニングに美智也を呼び寄せた。

「できたぞ」

箸《はし》と皿を渡され、豪快に盛り付けられた料理を口にした途端に美智也の目が丸くなる。

「おいしい」

「当然だ」

食事の後片づけは、率先して美智也が引き受けた。

落ちろ、落ちろ。

コーヒーを入れてソファに落ち着いてからも、美智也は笑顔によりをかけている。親友である沖村でさえ、おまえに嵌まりそうだと言ったのだ。色気があるとも断言してくれた。もともと洋介はこっちに興味を持っている。抱きたいと思うほどには、惹《ひ》かれている。それを好きに変えるだけのこと。引き摺り込んでしまえば、オレの勝ちだ。ラブラブの甘々にしてやるぜ。

思わせぶりに見上げてみたり、長い睫をはたはたと瞬かせたり、思いつく限りの媚態で洋介に迫る。特に笑顔だ。にやってではなく、にこっを大盤振る舞い。これまでついつい突っかかっていた態度を改める。少々むかついても、スマイルスマイル。

洋介が影響されているのがわかる。よし、もう一押しとソファの隣に座っていた彼にしなだれかかった。

「美智也?」

「んー?」

訝しげな呼びかけに、わざと鼻にかかったような声で答えた。自分では甘ったるい声のつもりである。確かに事の最中なら相手の体温を何度か上昇させそうな艶声なのだが、まじめに銀行の内部情報を語っていた洋介には、ふざけていると思われたらしい。いきなり立ち上がったので、寄りかかっていた美智也は慌てて腕を突っ張って、ぶざまに転げ落ちるのを防いだ。

「したいなら、そう言え。いつでも、抱いてやるぞ」

怒ったような声に、美智也は慌ててかぶりを振る。

「ちが……」

う、という言葉は洋介の唇にのみ込まれてしまった。最初からディープなキスで、美智也の脳裏は真っ白になる。縮こまっていた舌を引き摺り出され、強く吸われると、戦慄《せんりつ》が背筋を走り抜けた。自分が何を目論《もくろ》んでいたのか、洋介のキスの威力で消し飛んでしまった。悲しいかな、色仕掛けで迫るには、美智也の経験値は少なすぎたのだ。自分の魅力を過小評価していたともいう。


思考力が吹っ飛んでされるままの美智也から、洋介は手際よく衣服を剥ぎ取ってしまう。昨日つけた痕が、身体のあちこちに残っている。それはどこか卑猥で、洋介の下腹部を直撃した。落とすつもりで迫られているとわかっていても、抗えなかった。こっちが真剣に話しているのを茶化していると怒ったふりをして手を伸ばしたが、抱いてしまえばそんなのはただの口実にすぎない。


裸の美智也を抱き上げ、ベッドに運ぶ。その間も唇は離さない。貪りながら身体を重ねていく。淡い色の乳首は、指や唇で刺激するとすぐに濃い朱に染まってぴんと硬くなった。舌で押し潰すと美智也の身体が勢いよく跳ねる。

「や……や…ん」

指が洋介の髪の毛に絡んで、最初は引き離そうと引っ張っているのだが、左右の乳首を代わる代わる吸われているうちに、口から漏れるのは吐息に変わり、髪に絡んだ指はもっと、と押さえる圧力に変わる。

喘いでいる唇から、ちらちらと覗いている舌が煽情的だった。本人は無意識のようだが。洋介は誘われるように乳首から唇を離して伸び上がり、唾液で滑りを帯びている美智也のそれを塞いだ。胸への愛撫は指が代行する。

美智也は耐え切れないように身体を捩った。触られるところすべてが感じるようで、キスの合間に切ない吐息を漏らしている。下腹部はすでに勃ち上がっていて、ふるふると揺れていた。服を着たままの洋介が覆い被さっているので、素肌に粗《あら》い布地が擦れる感触も刺激になっているらしい。

ぼうっと見開いた瞳にはもう何も映っていない。洋介が昨日も散々蹂躙《じゅうりん》した蕾《つぼみ》に触れると、びくっと身体は震えるが、拒む素振りは見せない。「はあっ」と熱い息を零して、ゆっくり瞼が塞がっていく。そのどうにでもしてと言いたげな、けだるげな官能をまとった美智也に、洋介の股間も急激な反応を見せる。

あちこちにキスを落としながら、指は慎重に蕾を刺激する。昨日の今日なので、周囲は少し赤くなってはれぼったい感触がある。二日続けてはきついかもと、理性が片隅で囁いているが、もう勢いは止まらなかった。それに誘ったのは美智也の方だ。

身体をひっくり返して、腰を高く上げさせ、さらに愛撫を繰り返す。舌を入れ、唾液を送り込んで指で刺激する。ある一点に触れると美智也の身体が跳ね上がった。

「や、そこ……だめ。……ん」

ひときわ高まった喘ぎ声を聞きながら、洋介は指を引き抜き、猛り立った自分自身を取り出して、ゆっくり押し込んだ。

「くっ。……ん、ん」

衝撃で、美智也が歯を食い縛る。息を詰め、入り込んでくる洋介をなんとか受け入れようと足がいている。

「美智也、力を抜け」

耳元で優しく囁いてやる。指で、噛み締めた歯列をそっと撫で、ついでに耳をかりっと噛んでやると、「やっ」と可愛い声が聞こえて、ふっと力が緩んだ。その隙に最後まで押し込んで、美智也の内部が自分の大きさに馴染むのを待つ。じわじわと中が蠢いている。触れているすべてが熱くて、洋介自身の体温もどんどん上昇していく。

けものの体勢で貫《つらぬ》かれながら、美智也は腰を振っていた。身体中が熱くて、何がなんだかわからなかった。腰から灼熱の快感が駆け上がって、じっとしていられない。洋介の楔《くさび》を咥《くわ》え込んで、それを放すまいと自然に内部が蠢動《しゅんどう》する。形がはっきりわかるほどぎちぎちに締め上げて、自分も耐えられなくなって腰が揺らめく。

勃ち上がったものを自分の指で扱いていた。じんじんする胸は、洋介が両方の指で刺激してくれている。三方からの刺激で、美智也はひとたまりもなかった。ひとりでイきかけたところを、ぎゅっと止められた。

「や、や、イきたい……」

いやいやと頭を振って、洋介の指を引き剥がそうとする。

「だめだ。もう少し我慢しろ」

言葉と同時に、胸元に腕を差し込まれて、一気に引き起こされた。突然座位にさせられた美智也は、自身の体重でさらに深く洋介を受け入れるはめになって悲鳴を上げた。

「いやあー」

仰け反ると同時に、眦《まなじり》に溜っていた涙がつーっと頬を滑り落ちる。

苦しい体勢に、身体全体が震えていた。洋介に堰《せ》き止められている美智也自身から、節操なく滴が滴《したた》っている。背中や胸に浮いた薄い汗の膜が、滑らかな皮膚を淫らに光らせる。

その肢体を楽しみながら、洋介がリズミカルに動いていた。

「すぐだから……」

耳元を囓られながら息を吹き込まれ、美智也がくがくと頷く。下から揺すり上げられ、不安定に身体が揺れる。それが予期せぬときに敏感な部位を刺激することになり、美智也は快感とつらさに身悶えする。

「イくぞ」

洋介の動きがいっそう激しくなった。美智也もつられて自分で腰を揺らめかす。喘ぎ声と、熱い吐息と、泣き咽《むせ》ぶ声が入り交じって、ふたりは絶頂目指して駆け上がった。

「はあっ」

とけだるいため息を零して、美智也はゆっくり寝返りを打つ。替えてもらったシーツが気持ちいい。身体も綺麗になっているから、満腹の猫のようにぬくぬくと寝そべっていられる。

洋介はバスルームだ。シャワーの音がここまで聞こえてくる。

落ちた、と今度こそ確信したのに。洋介はオレさまの魅力に逆らえなかった。やったぜ、と小躍りしてもいいくらいなのに、なんか、違う。

腰にバスタオルを巻いて部屋に戻ってきた洋介を見て、思わず見惚れてしまった。いい男なのだ。顔もいいが、身体もいい。肩幅が広く引き締まった腰、完全な逆三角形の体形で、二の腕にはがっちりした筋肉がついている。男としての理想に近い。

ついこの間まで、けちょんけちょんにやっつけてやりたい憎い男だったはずなのに。おちょくられて頭にきていたはずなのに。ひとの心はどうしてこう、突然に百八十度の転換をしてしまうのか。今では見ているだけで胸が苦しくなるほど、好き、なのだ。だから洋介にも、そんな目で自分を見てもらいたくて。

手を伸ばすと、ニヤニヤ笑いながら近づいてくる。この笑顔が気に入らない。落ちたのなら落ちたらしく、あまーい目で見てくれればいいのに。だからまだ実感がわかないんだよな。

「どうした」

なんでもないと呟きながら、洋介の腕を取ってベッドに誘う。

「これ以上すると、明日起きられなくなるぞ」

せりふが違う。美智也は思わず、洋介をパチンと叩いた。

「そうじゃなくて」

優しく抱き締めて、うっとりするような愛の言葉を……。

「そうだ。俺と組むからには、例のメールの仕事はやめてもらう」

「え?」

「俺は独占欲が強いんだ。見ていないところで勝手に動かれるのは好かない。ましておまえ、いつドジを踏むかわからないしな」

「あ、ひどい」

独占欲が強いという部分で舞い上がりそうになって、ドジを以下の文で冷水を浴びせられる。ずっとこの調子で、洋介が何を考えているかはぐらかされっぱなしなのだ。それでも、終わってるなあと思いながら、バスタオルを落として滑り込んできた身体にしがみついた。シャワーを浴びたあとの少し湿り気がある温かい身体が気持ちよくて、美智也は抱きついたまますぐにうとうとし始めた。

柔らかな髪に洋介はゆっくり手を滑らせる。口元には先ほどの皮肉そうな薄笑いではなく、子猫を愛《め》でるような優しい笑みが浮かんでいる。

「俺を落とすつもりなら、もう少し頑張らなくてはな」

笑みを含んだ呟きは、眠り込んでしまった美智也の耳には届かなかったけれども、もぞもぞと擦り寄ってくる身体を抱え直す洋介の手つきは優しかった。


「調子よさそうじゃん」

沖村が美智也の隣に腰を下ろした。手際よくパソコンを操作しているようすに、感心したような声を漏らしている。

「特別講習、受けて正解だったな」

「まあね。篠塚もちゃちゃをいれなくなったし。もうばっちし」

「そういえば」

沖村は視線を上げて篠塚を捜した。教室の端の方で、困ったような顔をしている生徒にねちねちと何か言っている。

「ターゲットが変わったようだな」

ターゲットという言葉に一瞬身体が竦んだのは、先日の失敗と、追われた恐怖を忘れていないからだ。意識して身体の力を抜き、沖村に笑顔を見せる。

「あいつには気の毒だけど、オレはほっとしたよ」

「文句のつけようがないからな、今のおまえ。いびる理由がないから、篠塚も手を引いたんだろう」

それだけじゃなさそうだけど、との思惑は言葉にはしない。まるで怯えていると言ってもいいような態度で、篠塚は自分を避けているのだ。もしかして、洋介が手を打ってくれたのかもしれない。そうなら、嬉しい。自分のことを気にかけてくれているってことだから。

「そういえば、どうだった?」

課題をクリアしてしまった沖村は、手持ち無沙汰に美智也の手元を見ている。

「何が?」

「迫ってみたのか、もう?」

「沖村……」

身体を重ねたときの記憶が一瞬のうちにぱあっと蘇って、美智也は真っ赤になった。

「……授業中だぞ」

口元を押さえながら、ぼそぼそと抗議する。尋ねた沖村の方があっけにとられていた。

「なんだ……、もうそんなとこまでいったのか」

そーんな可愛い顔しちゃって、と指で突ついてくる。

「くそー、そいつが羨ましいぜ」

「やめろって」

身体を反らしてその指を避けると、

「よかったな」

とため息をつかれてしまった。

「俺としては、なーんか複雑だけど……」

自分のことのように心配してくれる沖村に、だから美智也もつい零してしまった。まだそこまでじゃないと。

「なんだよ、それ」

聞いた途端沖村は、憤慨して立ち上がった。

「冗談じゃない。俺が話をつけてやろうか？」

教室中の注目を浴びて、慌てて美智也は沖村の袖を引いた。

「いいから、座れって」

しぶしぶ座った沖村は、授業が終わると美智也の腕を掴んで、喫茶室まで連行していく。

聞き出さずにはおかないという沖村の気迫に押されて、美智也は、誘惑には成功したと詳しい描写を省いて説明した。

「誘いかけてのってきたってことは、嫌いじゃないとは思う。だけどそれって、なんか違うみたいな気がして」

「うーん」

と沖村も腕組みをする。

「一度、勝負をかけるか？」

「は？」

「俺が思うに、相手もおまえのことを好きなはずだ。だいたい、嫌いなやつと、その……女じゃないから」

口ごもって、沖村が美智也から視線を逸らす。

「同じものを持っているやつを抱くなんて、好きじゃなきゃできないさ。だから……」

「ち、ちょっと、沖村」

ふたりして、ハードな内容の会話に照れてしまった。

「とにかく、相手に自覚させればいいんだから。究極の選択ってのを、させてみるとか」

「何？　それ」

「相手の大切なものとおまえ。なくしていいのはどちらか、なんて選ばせるのさ」

咄嗟に浮かんだのは、例のブレスレットだ。洋介にとって、あれはただのブレスレットではない。もし美智也があれと自分、どちらか一方を選べと選択を突きつけたら、洋介はどうするだろうか。考えかけて、ちょっと待てと首を振る。今はまだ作戦の継続中だ。もう少し腕によりをかけて篭絡《ろうらく》したと自信が持てるようになってから、勝負をかけるべきじゃないのか。落ちたと確信できないまま選択を突きつけたら、取り返しがつかないことになるかもしれない。

「もう少したってから」

気弱そうに聞こえる美智也の言葉に、沖村は不満そうだった。だが、まだ勝負は賭けたくなかった。あの洋介なら、わざとでもブレスレットの方を選びそうだ。そうして、さてどうする？と皮肉そうな笑みをこちらに向けてくるのまでありありと浮かんでくる。美智也はぎゅっと拳を握り締めた。

「とにかく、俺はおまえの味方だからな。あんまり頼りにならないかもしれないけど」

「いや。感謝してるよ。おかげで落ち込まないで済む。ファイトもわいてくるし」

気を取り直したように励ます沖村に、美智也も笑顔で答えた。


特別講習でできたゲームの試作品は、洋介の伝《つて》であるゲーム会社に送られた。なかなかいい感触だったと知らされて、美智也も未来への展望が開けた気がした。

最終日には、洋介から部屋の鍵を渡された。いつ来てもかまわないという意思表示は、恋人と変わらない扱いだ。美智也がその気で誘いをかけると、不本意だという表情をしながら手が伸びてくる。拒めないのが悔しいと、耳元で囁かれたりもするのだ。

なら好きだと言え！

美智也は叫びそうになる。絶対こっちを好きなはずなんだ。盗んでやると決意した洋介のハートは、手に入りそうな近くをふらふらと漂っている。なのに、伸ばしても伸ばしても霞《かすみ》を掴むようで、捕まらない。もどかしくて、苛つく。

日がたつにつれ、美智也もだんだん切羽詰まってきた。これ以上どうしていいのかわからないのだ。誘えば拒まれない、というのは好意の証のようで、厳密には違う。相棒としてそばにいれば、心はもっと近づくのか。『鈴木』からの仕事は断るように言われ、だがまだ完全に縁は絶っていない。祖父から一時的にストップをかけてもらっただけだ。

なんか、オレも優柔不断だな。

そんな鬱々《うつうつ》とした自分に、とうとう美智也はやけくそになる。まだそのときではないと重々承知していながら、計画を練り始める。

やってやろうじゃないか。ひとの身体を好き勝手しながら、自分がオレさまを愛していると認めないいばかやろうに、選ばせてやる。オレか、それか。こそこそ裏で画策しているより、そっちの方がよほど自分らしい。

パソコンを弄りながら無意識のうちに顔を顰めている洋介に、隣の席から鈴木がいらいらしたような視線を向けてきた。睨んでいるようなそれに洋介も気づいて、「なんだ?」と首を傾げた。

「その顔はやめてくれ、こっちまで気が滅入る」

「どんな顔だ?」

「断崖絶壁の端っこで、飛び込もうかどうか迷っている顔だよ」

「そんな顔をしているのか、俺。悪かったな」

頷いて、いったんは眉間のしわも伸びたのだが、すぐにまた寄ってくる。

洋介のしわの原因は、当然美智也である。

いったい、あの小悪魔をどう扱ったらいいものか。

抱くたびに見せつけられる美智也の痴態。思い出すとすぐに洋介の身体は熱くなる。あの滴るような無意識の色気には、誰だって抵抗できるものか。落とすと宣言して迫っているのを知りながら、本当に落とされそうな自分がいる。

美智也とは毎日のように会っていた。向こうもひとり暮らしをしているから、泊まってしまうのも再々だ。会えば抱き合うのが癖《くせ》になって、身体が馴染む速度は、驚くほど速い。

またもや鬱々とした雰囲気を漂わせる洋介に、鈴木が「くそっ」とぼやいて立ち上がった。

「どうした」

「ちょっと気分転換」

いつも陽気で、楽しそうに仕事をしている鈴木のいらついたようすに、洋介は解析ボタンを押したあとでパソコンから目を離し、正面から相手の顔を見上げた。

「すまん、なるべく早く解決するから。しかし、おまえらしくないぞ。それくらいでいらいらするような神経は持っていないだろう?」

「ひとを化け物みたいに。メールのセキュリティ、なんて面倒なことをやってんだよ。俺のセキュリティを掻い潜ったやつがいて、それでなくても頭にきてるのに、隣でおまえが陰《いん》の気を垂れ流しているから、うざったくて集中できない」

「そいつは、申し訳ない。しかしおまえの構築したセキュリティを破るなんて、たいしたやつだな。解読不可能なセキュリティシステムじゃなかったのか」

「不可能なんて言葉は使うものじゃない、と思い知らされたさ。それも続けて二回だぞ。なんとかしようと微妙な調整をしているのに、おまえが……」

「ああ、すまんすまん。時間だから俺は消えるよ。あとはゆっくりやってくれ」

美智也の講師を引き受けて以来、洋介は大学での仕事を早めに切り上げるようにしていた。その講習が終わったのに、洋介は今も早く帰っている。鈴木の呆れたと言わんばかりの視線を尻目に、パソコンの電源を落とした。

「色ボケか」

半分揶揄するようにからかわれ、洋介の瞳が剣呑に光った。

「おいおい、図星かよ」

「うるさい」

「お、その調子ならうまくいっていないな。どうした、世紀の色男が」

ますます調子に乗る鈴木に、洋介は振り向きざま荒い声で答えた。

「ほっといてくれ」

「重症だな。おまえを振り回すなんて、たいしたやつだ。例の学院のやつか?」

あてずっぽうだろうに図星を指され、一瞬否定の言葉が遅れた。

「違う」

が、その否定は無駄だった。にやにやと笑いながら励まされてしまったのだ。

「頑張れよ」

揶揄を込めてひらひらと手を振る鈴木に背を向け、洋介は舌打ちした。ロッカーからコートを出して着込みながら、捨てぜりふを考える。言われた言葉が気に入らないから、何か辛辣《しんらつ》なやつがいい。ドアを閉めながら、考えたせりふを投げつけた。

「今度は破られないセキュリティを考えろよ。もっとも、俺ならきっと破ってやるがな」

と、ドアを閉ざした内側からすぐに、

「冗談だろ。俺のセキュリティを見くびるなよ」

との反撃が返ってきた。

思わず苦笑しながら、洋介はドアをこつんとひとつ叩いてその場を離れた。

負け惜しみで宣言した、破る破らないの言い合いはともかく、あの鈴木のセキュリティを掻い潜るなんてたいしたやつだと思う。自分ですら、相当必死で取り組まないと難しいだろう。美智也の絡むメールならなんとしてでも解読するが、そんな努力をしてまで鈴木のメールを読みたいとは思わない。

そう言えば、妙な符合だな。鈴木と『鈴木』。メールを掠め取った、二回という数字まで一緒とは。

鈴木は『鈴木』なのか、との推論をしばらく弄んでから、洋介はばかばかしくなって考えるのをやめた。大学に入ってから知り合った彼は、確かになんでも面白がって首を突っ込む性分だったが、まさか泥棒のネットワークまで主宰《しゅさい》すまい。世の中には奇妙な偶然もたくさんあるものだと結論を出して、洋介は急ぎ足で大学の構内を横切った。


シャワーを浴びる間も、あちこち触られていたので、もう動きたくないほどくたくただ。美智也は喘ぎ疲れて脱力した身体を、だらんとベッドに横たえている。

自分がこうなのに、洋介の方は腹が立つほど元気だ。バスローブなんぞをふわりとまとって、ぞんざいに結んだ紐のせいで逞しい胸がちらちら見えている。落ちてきた前髪を、タバコを挟んだ指で何気なく掻きあげながら、琥珀色のウィスキーを片手に計画を説明している姿は、男の魅力がむんむんしていて、見惚れてしまう。比べると見劣りしてしまう、貧弱な身体しか持たない自分が悔しくなる。

美智也が潤んだ瞳を向けているのに気がつかないはずはないのに、洋介は見ないふりでサイドテーブルに広げた図面を示す。

「まずはここに忍び込む手順だが」

そんなことを話すより、隣に来て抱き寄せてほしい。火照《ほて》った身体がしだいに冷めてきて、人肌が恋しい。思わせぶりに自分で肩を抱き締めてみるが、洋介は図面に目を落としたまま振り向きもしない。

「それ、どこ？　銀行じゃないよね」

仕方なく美智也は、自分も頭を擡げて図面を覗き込んだ。

「貸し金庫の電子ロックを外すキーワードと鍵が必要だ。忍び込む先は、その持ち主の家だ」

「ふうん」

「銀行へは、客として堂々と訪問する。正規の鍵とキーワードを持って行けば、先方は拒否できない。問題は時間だな。うまく調整しないと。盗まれたという知らせが銀行に伝わる前に、すべてを終わらせるように」

美智也は皮肉な目つきになって洋介を睨んだ。

「真っ昼間に仕事をするなって、叱られた記憶があるんだけど」

「おまえの行き当たりばったりの計画と一緒にするな」

「へえへえ」

肌寒くなってきた美智也は、いい加減なあいづちを打ちながら毛布の中に潜り込んだ。待っていても、温めてもらえそうにないと諦めたのだ。

洋介の計画を聞きながら、一方ではどうやってブレスレットを持ち出そうかと考えている。

「ところでさあ、例のブレスレット、もう一度見せてよ」

話が一段落したところで、美智也はさり気なく切り出した。置いてあるのは多分このベッドルームだと思うが、この間はどこから出したかまでは見ていない。

「それはかまわないが、どうして急に？」

「綺麗だったから。ついでに、手元にある銘板を嵌め込んでほしいな。元がどんなだったか、少しは想像できるから」

苦笑しながら、洋介はサイドテーブルの下に手を回した。かちっと音がして、一枚板のテーブルだと思っていたそれが、中央でふたつに割れた。厚みのあるテーブルを削って、中に隙間ができている。そこが隠し場所だった。洋介は宝石箱を開いて、ペンダントとイヤリングから銘板を外し、取り出したブレスレットに慎重に嵌め込んだ。宝石の並ぶ位置が違うので、空の台座にぴたりと合う銘板も決まっている。

三カ所、銘板が戻ったブレスレットは、繊細な輝きを放っている。空のままでも芸術品だと美智也は思っていたが、宝石を散りばめた銘板が全部埋まったときは、目もあやな美しさだろうと想像できる。

表面に浮いた線文字は掘り込んだあとに銀を流し込んであり、金と銀とのコントラストが絶妙なバランスで成り立っている。周囲の宝石は、一個一個は小さすぎて宝石としての価値は今ひとつなのだろうが、星のように飾られて全体としての美しさを高めているのだ。

「綺麗だね」

呟いた美智也の腕に、洋介がするりとブレスレットを巻きつけた。

「女性用だが、おまえの手首なら」

華奢な手首に、繊細な金細工のブレスレットはよく映《は》えた。

「似合うな」

さり気なく言われて、美智也は視線を伏せた。自分がこのブレスレットを持ち出そうとしていることを考えると、後ろめたくて注視できなかった。

「傷つけたらまずいから、しまっておいてよ」

留め金が複雑で自分では外せない。美智也は腕を出して「外して」と頼んだ。

「揃ったら、おまえにやるよ。文字を解読したら、あとは普通のブレスレットだからな」

何気なく言われて、美智也はぎゅっと唇を噛んだ。胸が締めつけられるように痛んで、変な声が漏れるのを防ぐには唇を噛むしかなかった。

美智也が行動を起こしたのは、それから三日後のことだった。


歩道橋の上から、美智也は真下に見える運送会社のトラックを指差した。

「あれ、今から九州に行くんだ」

洋介は美智也の指差す方をちらっと見ただけで、すぐ視線を戻した。

「毎夜のこの時間にここを出て、南下する」

「美智也、話を逸らすな。わざわざここに呼び出した理由はなんだ。話なら家に帰ってからでもできるだろう」

「そして、その後ろの。あれは北へ向かう」

「美智也」

「だから、ちゃんとヒントを言っているのに」

「ブレスレット……か？」

「なんだ、わかってたの？」

「おまえが持ち出したのは知っていた。どうするんだろうとは思ったが」

美智也は唇を噛んだ。それだけ自分を信頼してくれている。たったひとりの曽祖父に託された大切なブレスレットを美智也が持ち出したと知っていても、彼は盗まれたとは微塵も考えていない。どこにやったと追及もしなかった。この信頼関係だけで、満足できる自分ならよかったのに。

トラックが出てきた。左折の合図をして、美智也の目の前を通り過ぎる。丈の高い荷台の幌《ほろ》の上に、美智也は小さな包みを投げた。包みは二、三度弾んで、具合よく真ん中あたりで止まった。そのまま、スピードを出して遠ざかって行く。

「おい、まさか」

洋介が驚愕してトラックの後ろを見送る。

「ごめん、あれが、ブレスレット」

「なんのつもりだ！」

「理由はあとで言うよ。早く行かないと、追いつけないよ」

「くそっ」

歩道橋を駆け降りて行く背中を、美智也はじっと見送った。

下まで下りて、車を探すようにきょろきょろしている洋介に、上から声をかける。

「僕は、北行きのトラックに乗る。どこへ行くかわかんないから、これでばいばいだね」

「何？」

洋介が振り仰いで睨みつける前で、幌のかかったトラックがもう一台出てきた。右折の合図をして、車が途切れるのを待っている。美智也は歩道橋の手すりの上に立った。

「やめろ！」

洋介が表情を引き攣らせている。

「やめない」

美智也は、悪戯っぽく言い返す。そして両手を広げるとふわっと空を飛んだ。

「美智也！」

驚愕した声は、一瞬後の惨劇を予感してのものだったろうか。動き出した車の上に優雅に舞い降りた美智也は、目を見開いて見上げていた洋介に、軽く手を振ってみせた。

「じゃあね」

立ち尽くしていた洋介が闇に紛れ込む寸前、くるりとこちらに背中を向けたのがはっきり見えてしまった。

「なんなんだよ、あんた。オレよりブレスレットかよ」

呟いて、思わず脱力する。瞬時にこちらへ駆け寄って引き摺り下ろしてくれるのでは、という儚《はかな》い期待はかなわなかった。

あっさりと背を向けられてしまう存在だったんだ、オレって。

それなりに可愛がられていた自信はある。意地悪されていても、優しさが透けて見えるときもあった。多分好かれてもいただろう。だが、ブレスレットと引き換えにできるほどではなかった。

「希望ってのは、裏切られるもんだなあ」

真冬に、戸外はこたえる。まして疾走《しっそう》する車の幌部分にしがみついているこの体勢は、危険極まりない。幌の骨部分を掴んでいる指も、しだいに寒さで感覚が鈍ってきた。

手を放して成り行きに任せたらどうなるかなあ。

失望がほんの少しそんなことを思わせるが、美智也はすぐにその思いを退けた。自分には慈《いつく》しんでくれる両親と祖父母がいる。一時の感情で彼らを嘆かせるつもりはない。

トラックに掴まっている指の痺れに限界を感じて、美智也は少しずつ身体をずらし、幌の繋ぎ目から中に滑り込んだ。身を切るような冷たい夜風から遮られただけで、身体がほっと息をつく。どうせ目的地に着くまではノンストップなのだ。荷物の間に身体を押し込んで、楽な姿勢をとる。

「洋介の、くそったれ」

何もかもどうでもいいような気がしてきた。このトラックが行き着いたところから、帰るのやめよかな、なんてやけっぱちな気持ちも浮かんできた。

車の揺れが、眠りを誘いかける。計画を考え始めてから、熟睡できない夜が続いたつけが回ってきたのだろう。

目を開けていようと努力しながら、しだいに眠りの中に引き込まれていく。

洋介、ブレスレット回収できたかな。一応接着剤を塗りたくって幌の上に落としたから、そのままくっついているとは思うけど。

夢うつつ状態でそんなことを考えている。寝ているつもりはなかった。

「やられた」

左右に離れていくトラックを茫然と見送ったとき、洋介の脳裏を支配したのは出し抜かれた悔しさだった。

美智也が、しだいに追い詰められたような気持ちになりつつあったのは、薄々感づいていた。落とすとか、落とされるとかいう計画を最初美智也が立てていたとしても、今の彼が自分とのことを大切に思っているのは、態度でわかっていた。切ない視線を何度か向けられたのも知っている。

だったらそれなりに言葉をかけてやればよかったのだが、美智也が計画を打ち明けて、でも本当は好きだと告白してくるまではと、放っておいたのだ。素直でない美智也が、素直にそんなことを言うはずがないとわかっていたのだが。

まさかこんなことをやってくれるとは、夢にも思わなかった。

「それにしても雑な計画だ」

洋介は吐息をつく。どこに行くかわからないといっても、トラックのルートは決まっており、目的地もちゃんとある。たとえそこまで行ってしまっても、現在の住まいをそのままにして行方を晦ますことはできないだろう。結局ここに帰ってくることになるのだから、美智也のしたことは、洋介の目から見ればなんとも無駄な行動ということになる。

それでも追いかけて、連れ戻してやらなければならないだろうな。

自分の気持ちに正直になれば、美智也のことが大切になっていると認めざるを得ない。見捨てられたと泣く美智也は見たくない。泣かせるのはこの腕の中にいるときで十分だ。

ただし、俺を振り回すのは非常に高くつくと叩き込んでやらなくてはならないから、美智也の方にはしばらく心細い思いに耐えてもらうとしよう。

優先すべきはブレスレットだ。小さい包みは、いつトラックから転げ落ちてなくなってしまうかわからない。

駐車場に停めていた車に戻るとすぐ、いつも積んでいるノートパソコンのスイッチを入れた。携帯の電波を通して運送会社のコンピュータに潜り込み、ブレスレットを載せたままのトラックのルートを検索する。道筋を確認すると、近道をナビで表示させ車を飛ばした。

予想地点でトラックに追いつき、しばらく後をつけて、運転手が食事を取るために停まったとき、ようやく幌の上にあった包みを手に入れた。

そしてそのとき、美智也のしたことに気がついて、思わず笑ってしまったのだ。彼は包みに接着剤を塗って投げ落としていた。包みは幌にしっかりくっついて、揺れようがどうしようが転げ落ちる心配はまったくなかったのだ。洋介がそれを手に入れるには、幌を切り裂くしかなかったほどだ。

「まったく……」

包みを開け、ブレスレットを取り出して確認しながら洋介は複雑な思いで苦笑していた。そうと知っていたら、先に美智也を追いかけてやってもよかった。今ごろ、自分がブレスレットに負けたと思って落ち込んでいるだろう姿を想像すると、かわいそうな気もする。

「そうはいっても、自業自得なんだがな」

もう一度包み直しながら呟いた。

このタイムロスの間に、美智也の乗ったトラックとは相当離れてしまっている。このまま車で追ったのでは、間に合わないだろう。ルートはわかっているが、さてどうやったら追いつけるか。

洋介は道路を走る運転者同士のネットワークや、無線網に割り込んでトラックの情報を求めた。番号を流してやると面白いように動静が伝わってくる。今すれ違っただの、一緒に走っているだの、ひとは意外に他者へ興味を持っているものだと、改めて認識した。この先に立ち寄る場所の予定はわかっているから、今の状況からそこへの到着時間を割り出した。先回りして待ち受ける時間も、トラックを停止させる策を練る時間も、どうやら確保できそうだった。

洋介は新幹線に乗り、最寄り駅に到着。深夜も営業しているレンタカーを借り、地元の警察署に向かう。そこでパトカーと警官の制服を盗み出した。あとは、美智也たちのトラックが通りかかるのを待つだけだ。

「捕まえたら、まずお仕置きだな。俺を駆けずり回らせてくれたつけは、たっぷりと取り立てるぞ。覚悟しておけよ」

時間を確認しながら、洋介は待ち受ける。もうまもなく美智也たちが到着するはずだ。

急ブレーキを踏まれて、がくんと首が揺れた。はっと顔を上げて苦笑した。

なんだ、眠ってたんだ。

トラックが停まっている。時計を見ると結構時間がたっていた。身体を起こし、ようすをうかがうために耳を澄ます。こんなところで停まる予定はないはずだ。なぜ停まったのだろう。

外でぼそぼそと話し声がする。幌の裾を少し上げてようすを見て、目の前のパトカーの赤色灯にギョッとした。運転手がトラックから降りて制服の警官と話をしている。警官の話に、運転手は首を傾げている。緊迫したようすはなく、美智也は判断に迷った。たんなる検問《けんもん》だったら、このまま隠れていればいいのだが。

トラックを降りて姿を隠すべきか。どうしようと決断に迷ったことで結局は遅れをとった。話していたふたりは、美智也が行動する前に、連れ立って荷台に回ってきてしまったのだ。慌てて身体を奥に引っ込め、荷物の陰に蹲った。

幌が捲《まく》られ、懐中電灯の明かりがさっと中を照らした。

「ほら、荷物だけですよ。人間なんか誰もいませんって」

「一応拝見しますよ」

隠れていた隅っこで、美智也は身体を震わせる。なじみの声が甘く鼓膜を震わせた。

「洋介……」

背筋を駆け抜けた歓喜を、美智也はその後も永く忘れることはなかった。

警官が、荷台に乗り上がってきた。懐中電灯を、迷わず美智也の隠れている方向に向ける。向けられた丸い光の中で、美智也は瞳を揺らしながら、相手を見上げた。

「見つけた」

外の運転手には聞こえないように、制服姿の洋介が唇を動かした。声は優しく、口元も綻んでいるのに、美智也を見つめる瞳だけが、怒りを湛えて刺すように鋭かった。

怒っている。

それが嬉しかった。自分のしたことは怒られて当然。それでもここを突き止め、パトカーや制服を用意する手間をかけてまで、追いかけて来てくれた。叱るためだけだったとしても、嬉しかった。美智也は陶然とした笑みを浮かべて、うっとりと洋介を見上げた。

「そんな目で見ても、許さないぞ」

洋介は美智也の腕を引っ張り、隠れていた隅っこから乱暴に引き摺り出した。

「うん」

声を出せば、何かめちゃくちゃなことを喚きそうだったので、美智也はただこくんと頷いただけで、おとなしく外に連れ出された。

「なんだ、こいつ。いつのまに潜り込んでいたんだ？　お巡りさん、ほんとに俺、知らなかったんですよ」

荷台にひとを乗せるのは禁じられている。運転手は罰金や反則切符を切られては、としきりに弁解に努《つと》めている。

「ああ、今回のはあなたには責任はありませんよ。彼のことはこちらで引き受けますから」

それを、親切めかして洋介が宥《なだ》める。

「もともと届けが出ている子なんで。この子のためには、そちらが内緒にしてくだされはその方がありがたい。わたしも報告には書かないようにしますから」

「そうしてください。俺、誰にも喋りませんから」

助かった、と運転手がぺこぺこ頭を下げた。

「いえ、こちらこそ。お手間をとらせました」

そのままなんの不審も抱かず、運転手はトラックに乗り、走り去っていった。美智也は洋介に腕を取られたまま、その場でトラックを見送った。

「さて、行こうか」

冷たい声である。それが蜜のように甘く聞こえるのだから、美智也の耳も脳もいい加減腐っている。連れ込まれたパトカーの内部を、美智也はきょろきょろと眺めた。現実には乗りたくない、しかし乗ってしまえば興味もある。

「触るなよ」

ひと言注意され、指紋のことかとすぐに察して洋介を見ると、ちゃんと手袋を嵌めている。とすると、もしかしてこの車は。

「本物?」

「そうだ。早く返さないと、大騒ぎになる」

苦虫を噛み潰したような声で言ってから、洋介はハンドルに手をかけた。

「俺は怒っているんだぞ」

「うん、オレだってこんなことされたら、怒る」

あっさり認めた美智也に、洋介は思わずこめかみを押さえている。

「わかっているならするなよ。だいたいまったくの無駄だろうが。おまえの居場所なんか、俺の手にかかれば簡単に割り出せるんだぞ。おまえがどこに潜んでいようとな」

「捜してくれるの?」

「当然」

「どうして?」

膝に置いた指がぎゅっと拳を握っている。一番聞きたかった問い。なぜ追いかけてきてくれたのか、一度は見捨てられたと思ったのに。

「話はあとだ」

洋介はパトカーを発進させ、よく知っているなと美智也を感心させるほど狭い道をあちこちに進み、やがて警察署の駐車場にパトカーを乗り入れた。そして、ちょうど通りかかった警官に堂々と挨拶してから、美智也を促して車を降りた。警官は洋介たちには注意も払わずさっさと行き過ぎ、洋介は美智也の腕を掴んで建物の裏の方へ向かう。

壁と木立に挟まれて周囲から死角になっているところで、洋介は帽子と制服を脱いだ。下にはセーターとぴったりしたパンツを身につけている。脱いだものをくるくると丸めて壁のそばにそっと置く。

「見つかってもいいの？」

「かまわないさ」

言い放って、洋介は美智也を促して、裏口からさっさと外に出た。

「なんか、警察って無用心なんだね」

半ば呆れたように美智也が言うと、洋介は、

「田舎《いなか》のそれは、こんなものだ。事件が起こっていれば、もっと緊迫するだろうが」

とあっさり言い捨てた。

制服はどこで手に入れたんだろうとか、パトカーの鍵はどうやって？　とか一応は思ったが、美智也は賢明にも口には出さなかった。誰のために苦労したと思っているんだと、怒鳴られるのがおちだと察していたからだ。

そんなに離れていない無人駐車場に停めてあった車に乗り込んで、洋介はさっさと引きあげにかかった。美智也はおとなしく従っている。

走り出す直前、洋介は美智也の膝に包みを投げ出した。

「え？　これ？」

ブレスレットの入った包みだ。美智也が自分で包んだのだから覚えている。

「ちゃんと幌の上で、おとなしく俺に回収されるのを待っていたぞ」

「こっちを先に追っかけてて、よくオレの居場所がわかったね」

「俺を誰だと思っているんだ。それくらいできなくて、大学で助手なんかしていられるか」

「それでも、ブレスレットが先だったんだ」

多少の嫌味を込めて言った言葉に、

「これをなくしていたら、おまえが一番気にするだろう」

思いがけないことを言われて、美智也は唖然《あぜん》と隣の洋介を見上げる。

滑らかな発進のあとで、車は車列に割り込んでいく。深夜をかなり過ぎているが、幹線道路を走っている車の数はまだかなり多い。

「違うか？」

「違わない」

「もっとも幌の上にしっかりくっついていると知っていたら、ほかにやりようもあったんだが」

おまえを優先するとか、と洋介があとを続けると、美智也がぱっと振り向いた。

「ほんとに？」

見上げる瞳が揺れていた。美智也は膝の上の小さな包みをしっかり両手で包んで、洋介の肩にこつんと額をぶつけた。

「敵わないなあ」

「あたりまえだ。俺を出し抜こうなんて百年早い」

巧みなハンドル操作で車の列を縫って走り、洒落た佇まいのホテルで洋介が車を停めた。

「来いよ」

促されて車を降りた。フロントで洋介が手続きをしている間、手持ち無沙汰に立っていた。こんな真夜中過ぎ、男ふたりでホテルに入るなんて、なんと言われるだろう。

気にしたようすもなく、洋介は鍵をぶら下げながら美智也の元に戻ってきた。

「行くぞ」

大丈夫かと尋ねようと開いた唇を、洋介の指が押さえた。話はあとだと首を振ってみせる。美智也は黙ってあとに従った。

ドアを閉ざすと、ふたりきりだ。奥の方にシングルベッドがふたつ並んでいるのが見える。そわそわと目を逸らし、手前のソファに腰を下ろしかけて、腕を掴まれた。

「寛《くつろ》ぐために、ホテルに来たんじゃないぞ」

脅すような低音で言われたかと思うと、噛みつくようなキスをされた。最初は怒りからか息もつけぬほど貪られ、そのあとでは快楽を引き出すように変質してしまったキスで、美智也は立っていられなくなった。

押されてあとずさり、トンと突かれるともうベッドの上だった。

抵抗するまもなく、服を剥ぎ取られ、手首を戒められてベッドの桟《さん》に括りつけられた。

あまりの早業に唖然として洋介を見上げると、

「いいざまだな」

と嘲りの言葉が降ってきた。その言葉で全裸を晒した自分の格好に改めて気づかされ、美智也は慌てて身体を捩った。洋介に背中を向けるようにして、少しでも隠そうと無駄な抵抗をする。その肩を押さえられ、元通りに引き戻される。

「いやだ、こんなのはやだ。放せよ！」

「何が、嫌だ。大人を散々振り回しておいて。おまえの本音は、この身体にじっくり教えてもらおう。その方が俺も楽しいし」

美智也が視線を鋭くして洋介を睨む。

「なんだよ、オレの本音って。隠していることなんて、何もない」

「その目がいいな。きつくて、ぞくぞくする。可愛い顔をしているのに、目だけが裏切っているんだよな」

言いながら洋介の指が伸びてきた。仄かに赤い胸の突起に過《あやま》たず下りてきて、きゅっと抓《つね》る。

「ひゃっ」

思わず声が漏れた。何度も身体を重ねて、そこは性感帯としてすっかり開発されてしまっている。指の腹で擦られるだけでも、ジリジリと股間が熱を持ち始める。

「拒んだことなんてないのに、なんで今日に限ってこんなこと……あっ」

洋介を睨んで文句を言う途中で、指が滑って下腹を撫でられた。ついでのように、緩く頭を擡げたそこを触られた。

「キスは……」

呟きながら顔が近づいてきた。すれすれのところまで下りてきて、

「やめておこう」

と耳たぶを舐められた。

「や……」

びくんと身体が跳ねた。悔しくて唇を噛む。キスしてきたら噛んでやろう、と狙っていたのを見透かされた。

洋介は笑いながら、唇と指をほかのことに使い始めた。蹴り上げようともがいていた美智也の足も、洋介によって押さえ込まれる。こうなるともう、抵抗のしようもなかった。感じるところはすべて暴かれ、洋介が美智也の肌の上で奏でる絶妙な調べに、思うさま喘がされる。

弄られた乳首は充血し、愛撫の手を待ってピンと突き出している。脇の下や鎖骨や、臍の周囲

にも赤い刻印を打たれ、そのたびに充血した股間が苦しそうに震えた。とろとろと零れ落ちる蜜をすくわれて、滑りを帯びた指がゆっくりと後孔に差し込まれる。

「ん……んん」

苦しさに美智也の声が高くなる。

「さて、そろそろいいかな」

服を着たままで愛撫していた洋介が、後孔から引き抜いた指で、美智也の硬く強張った昂《たかぶ》りに触れた。覗き込んだ美智也の黒目勝ちの瞳には、うっすら涙の膜が浮いている。愛撫の痕を色白の身体中に散らし、官能の波に浸《おか》されて、無意識のうちに身体をくねらせながら喘いでいる。

「なぜ、俺を落とすなんて、友達と話していたんだ?」

聞こえているのかどうか、のろのろと顎が上がる。噛み締めたせいで赤くなっている唇がうっすらと開いた。

「イきたい、イかせて」

かぼそい哀願の声は、洋介の中枢《ちゅうすう》神経を直撃する。

「美智也……」

潤んだ瞳は、さらに抗いがたく洋介を捕らえた。

「まいったなあ。これじゃあ、聞き出すものも聞き出せない」

ま、いいかとぼやきながら、洋介は自分も服を脱いで美智也の上に覆い被さった。腕を伸ばして、縛りつけていた拘束を解いてやる。その瞬間、美智也はくるりと身体を捻って洋介の下から抜け出すと、逆に洋介の上に乗り上げた。

「美智也……?」

言いかけた洋介の首を抱え込んで、唇を塞ぐ。舌を潜り込ませ、洋介のそれを探し当てて、きつく絡め取った。驚いてされるままだった洋介も、すぐに自分を取り戻す。美智也を自らの腕の中に抱き締め、角度を変え、何度も貪るようにキスを交わす。

ぴったり重なった身体の間で、互いのものが触れ合って硬度を増していく。

「オレの答え、聞く必要がある?」

ようやく唇を離した美智也が、洋介の喉元に鼻先を押しつけるようにして尋ねた。

「こんなことしなくても、普通に聞いてくれても、オレちゃんと言うよ。あんたが好きだって。あんたにも好きになってもらいたくて、だから落としたかったんだって。ほんとはあんたにもわかっていると思うけど?」

語尾を跳ね上げて確認する。

「そうだな。口よりも身体の方が雄弁だったしな。こんな騒ぎを起こすところからも、おまえの気持ちは伝わってきたし」

「なら、なんで……オレを試すようなこと？」

「その方が面白かったから」

きっぱりと言われて、美智也はがっくりと項垂れる。

「あんたは最初からそういうやつだったよ。オレ、なんでこんなのに惚れたんだろ」

自分の上に圧しかかっている美智也の、滑らかな背中を洋介はゆっくりと撫でた。

「続き、しようぜ」

頭を擡げ、耳元でハスキーな声を響かせる。

「うわっ」

敏感な神経を直撃されて、美智也が耳を押さえて跳ね起きた。それを洋介は下からニヤニヤしながら眺めている。

「あんた、ほんとに意地悪い」

「でも、そこがいいんだろ」

いいんだろうかと首を傾げるような素振りをしながらも、抱き寄せる洋介の腕には逆らわず、美智也はしなやかに身体を添わせていく。キスをしようと唇を寄せていった洋介に誘われるように瞳を閉ざしかけて、「あっ」と美智也が声を上げる。掌で洋介のそれを押し退けるようにして、

「オレ、まだ聞いてない」

「何を」

唇を塞がれているので、洋介の言葉はくぐもっている。

美智也はキッと瞳を尖らせた。

「オレのこと、好きだって……」

「それこそ、言う必要があるのか?」

さっきの美智也のせりふを横取りして言った洋介に、美智也の瞳が揺れた。

「……でも、聞きたい」

懇願するような呟きに洋介はそっと微笑み、ぐいと美智也を抱き寄せた。そして、耳元に囁きかける。

「愛している」

「ようすけ……」

幸せそうな笑みを浮かべて力いっぱいしがみついてきた美智也に口づけてから、洋介は愛撫を再開した。すでに赤く結実している胸の突起に唇を寄せ、厳《おごそ》かに舌を這わせる。何度も舐めたり吸ったりしているうちに、美智也は洋介の髪に掌をくぐらせ、切なげに身を捩った。胸を突き出すようにしてさらなる愛撫を促している媚態に、洋介がクッと意地悪げな笑みを漏らした。

欲しがっているところから唇をずらし、脇のほうへ滑り降りる。

「あ、そこじゃなくて……」

じらされて、美智也が掠れた声で抗議する。

「どこ？　口ではっきり言わないとわからないぜ」

わき腹を甘噛みしながら、洋介が美智也に尋ねる。触ってほしいところを教えろと耳元で囁く。

羞恥で目元を染めながらしばらく躊躇っていた美智也も、そのままでは触ってもらえそうもないと諦めて、「ここ」と自分の指を胸に這わせた。

「おや、ちゃんと自分で触れるじゃないか。そのまま弄《いじ》ってみろよ」

「……ゃ、そんな」

洋介は、胸の粒に触れた美智也の指をそのまま挟み込んでしまった。

「ほら、摘んで」

親指と人差し指で、美智也の指ごと、赤い実を捏《こ》ね回す。

「や、これ、いやだ」

自分の指で触れる恥ずかしさに、美智也が激しくかぶりを振る。

「わがままだね、美智也は。ちゃんとそこに触っていないと、ここを括ってしまうぞ」

股間で激しく自己主張している美智也のものを、ピンと弾く。

「んんっ……、なんで、そんなに意地悪なんだよ。愛してるって、さっき言ったじゃないか……」

目尻にうっすら涙さえ溜めて抗議する美智也に、

「愛しているぜ、もちろん。だけど、こんなことをして俺を試したお仕置きもしなくちゃならないし、第一泣きそうなおまえが可愛いからいけない」

と洋介は言い放つ。

「なんだよ、それ……」

まだ文句を言いたそうな唇を塞ぎ、「ほら」と胸に置いた指を動かせと命じる。本気で自分自身を戒められては堪らないと、美智也がいやいやながら指を動かす。しかしすぐにそれに夢中になったようで、洋介が指を離しても、爪を立てたり、摘んだり、引っ掻いたりして自らの快感を追い始める。

「あ、んん……」

自分で胸を弄りながら身をくねらせる美智也を見ているのも、かなりクる。洋介は愛撫の手を止めてその痴態を堪能した。

最終的な目的地を愛撫するころには、美智也自身からひっきりなしに零れ落ちる愛液で、周辺はべとべとになっていて、さして湿らさなくても指を次々にのみ込んでいく。

何度か解したあとで、洋介は自分の限界を悟って指を引き抜くと、足を担《かつ》ぎ上げるようにして、淫らな姿態で煽り立ててくれた美智也を一気に貫いた。

美智也は声にならない悲鳴で口を大きく開けながら、背筋を反り返らせて衝撃を受け止めた。息をするのもままならないようすに、洋介は腕を下方に滑らせて、萎えかけた美智也自身を愛撫してやる。

「はっ……ぁ」

ようやく身体の硬直が解け、洋介自身をのみ込んだその部分も柔らかく解れ始めた。より深く引き込もうと蠢動して、洋介に深い悦楽をもたらした。

「イくぞ」

洋介は、美智也の足を抱え直し、激しく動き始めた。すでに十分じらされていた美智也も、自由奔放《ほんぽう》にそれに応え、絶頂目指して駆け上がる。

盗んで盗まれた互いの心はその一瞬、高らかに歓喜の声を上げていた。


「なんで、オレがこんな格好」

楚々《そそ》とした風情の淑《しと》やかなお嬢様が車を降り立ち、どっしりした銀行の正面玄関を見上げながら愚痴《ぐち》を零している。そばに付き添った、執事然とした初老の男がこれも低い声でお嬢様を宥めながら、先を促した。

「タイムリミットは一時間。それを過ぎれば、警報が入るということを忘れずに」

「そんなことは、わかっている。オレが言いたいのは、なんでまた女装しなければならないのかってことだ」

「似合うから」

呆れ果てた言い分に、お嬢様は階段を踏み外しそうになった。素早く、腕が差し伸べられる。その腕に掴まりながらお嬢様は深々とため息をつき、諦めたようにしゃきっと背筋を伸ばした。

「では、参りましょ」

「はい、お嬢様」


こうして、四つ目の銘板は手に入った。あとひとつ。

銘板が揃ったブレスレットは、美智也が貰うことになっている。ロシアに行って財宝を探すかどうかも美智也に任されている。恋人である洋介は、ベッドでは意地が悪いくせに、こんなことだけはめちゃめちゃ甘い。

意地悪がなくなればもっといいのに、というのが現在の美智也のただひとつの悩みである。

あとがき

初めまして、または、こんにちは。橘かおるです。

リーフノベルズでは、五カ月ぶりになりました。途中、アイノベルズから一冊出していただいたせいなんですが、橘的にもなんか久しぶりという感じがしています。そのせいでもないのでしょうが、お話もかなりぶっ飛んだストーリーになりました。

怪盗VS怪盗……（汗）。

ノリで出した簡単なプロットで一発OKが出てしまって、書き始めるときには頭を抱えていたこのお話。読まれた方の感想が、とっても気になります。

いつもの橘テイスト（？）である、てんこもりの事件はそれなりに継承しているのですが、主役ふたりがとにかく意地っ張りで、どちらも相手に、最初に好きだと言わせようとするものですから、話が進みません。締め切り二週間前に前作同様行き詰まってしまって、散々悩んだあげくに書き上げて送ったものの、あえなくボツが出て撃沈しました。

自分勝手な主人公たちにぶつぶつ言いながら、うんうん唸って改稿しているところに、担当様が素晴らしいカンフル剤となる、海老原先生のキャララフを送ってくださいました。

可愛いなかにも生意気そうな雰囲気を湛えた美智也と、カッコいいけど意地悪そうな洋介。なかでも思わず素敵と呟いたのは、洋介のロシア人変身バージョン。表紙や本文のイラスト指定にも入っていますので、読者様にも一緒に楽しんでいただけると思います。

彼らのイメージが固まったおかげで、悩んでいた部分もすんなりクリア。書き終わってみれば、最初からすらすら繋がったお話のようで、自分でもびっくりです。

さらに、海老原《えびはら》先生が描かれたラフの一つに想像力を刺激されて、Leafy 11号に掲載される短編小説までできちゃいました。ちょうどこの本文ラストに関連したショートストーリーになっていますので、合わせて読んでいただけると嬉しいです。

ところで題名の「ターゲット!」は、編集部内でアンケートを取ってもらって決定しました。毎回ぴったりくる題をなかなか思いつかずに苦労しているのですが、今回はそのなかでも最悪で、橘の出した題名は全部ボツとなりました。まあ、ボーイズ・ラブのお話で「怪盗レディウィンター」なんてのも、思わず「なにそれ」と呆れる題ですが、よく感想をいただくI様に事前に笑い話ですがとお知らせしたところが、「それもおもしろそう」というお返事でした。意外性という部分で買ってくださったのでしょうね。

でも著者校正の紙面で「ターゲット!」という表題を見て、これが正解だなとひとりで頷いてしまいました。なにしろ怪盗の話ですから、彼らが盗むターゲットは何か、というところで興味をそそってくれるし、お互いのハート、なんてのもターゲットで言い表せるし、よくぞ思いついてくださったと、担当様始め編集部の方々に感謝、です。題名と、海老原先生の華麗な表紙に釣られて、思わず手に取ってしまった読者様もいらっしゃるのではないでしょうか。

さて次作は、「プリンス」の続編です。前作「魅惑のプリンス」が、幸いにも好評をいただいたので執筆のOKが出ました。ちらりと出てきたカシムとはいったい誰なのか、という謎を中心に展開する予定です。読者様に面白いと言っていただけるお話になるよう頑張りますので、よろしくお願いいたします。

最後になりましたが、今回もさんざんお世話をかけてしまった宇野澤様。ラスト近くではお互い風邪でつらい思いをしましたね。なんとかOKが出てほっとしました。

イラストを書いてくださった海老原先生。おかげさまで小説が完成しました。あのときキャララフが届かなければどうなっていたか。足を向けては寝られない思いです。

そして手にとってくださった読者の皆様、本当にありがとうございます。面白かったと言ってくださることが、橘の励みになります。ぜひ感想のお手紙をお寄せくださいませ。

それではまた。


—外は師走の慌ただしさに満ちています—

橘かおる

リーフノベルズ近刊案内

初めての方も、読み尽くしてる方も♥

水上ルイ短編集

水上ルイ　　　カバーイラスト／円陣闇丸

過去、著者の発表した魅力的なリーフノベルズ作品。厳選された数作品に限りますが、今回なんと、甘いモノをテーマに短編を書き下ろし、アンソロジーとして発刊しちゃいます！　アナタのお目当てもきっとあるはず♥

3月1日発売予定　　予価850円＋税

リーフノベルズ近刊案内

あなたは私と交わる運命にあるのだ…

光と闇のレジェンド

雅　桃子　イラスト／東夷南天

お待たせしました♥　黄金コンビのファンタジー最新作!!　エリクセル国を狙い、魔手をのばす闇の帝王と、ともに国を取り戻そうと誓ってくれた、伝説の光の魔術師。ふたりの間で激しく翻弄される麗しき王子の運命は——？

恋に直球勝負の弟とかけひきの兄、二つの恋は？

チャンスは君の手に！

大槻はぢめ　イラスト／起家一子

意中の彼は雨の日にいきなり膝枕をさせられた人！　冷たい彼にとにかく振り向いてほしくて？——弟編。久しぶりに会った幼馴染みの成長っぷりに驚きつつも、僅かに残る幼さから目が離せなくて……？——兄編。

「嫌ならしない。いいなら目を閉じて」

あなたのすべてがいとしくて

日生水貴　イラスト／九条AOI

初対面の時から、隼人に対してだけ頑なな態度をとる律。でも、ティーカクテルで酔っぱらった律は素直で可愛くて、おまけに隼人のことを嫌いじゃないと言うけど…？　日生水貴、待望のリーフノベルズ第二弾！

3月15日発売予定

予価850円＋税

原稿募集のお知らせ

リーフでは、〈小説〉〈イラスト〉の原稿を、随時募集しています。

『小説家になりたい♥』『イラストレーターになりたい♥』など、あなたの夢をリーフがバックアップします。

あなた独自の作品で、是非チャレンジしてください。

優秀な作品には担当者がつきます。

デビュー時には、当社規定の原稿料・印税をお支払いいたします。

＜共通応募規定＞

●内容：ボーイズラブ系の商業誌未発表のオリジナル作品。
想定読者対象年齢：10代～30代くらい。
●資格：特になし。年齢、性別、プロ、アマ問いません。
原稿は一切返却いたしません。ご了承ください。

イラストもコピー（カラー原稿はカラーコピー）で結構です。

（作品返却できませんが、それでよければ原画をお送りください）
●応募上の注意!!
☆両面コピーはしないでください。
☆原稿はすべて右肩をヒモ・ホッチキス等で、バラバラにならないように綴じてください。
☆ノンブル（通し番号）は、左下に記載してください。
☆綴じ方として、
〈１枚目〉に、応募カード（コピー可）を貼ってください。
〈２枚目〉に、あらすじ。＜180字前後＞（イラストの場合不要）
〈３枚目〉から、本文、もしくはイラスト原稿。
☆一作品につき、必ずひとつの封筒を使ってご応募ください。
☆商業誌未発表作品であれば他社へ投稿したものでもＯＫです。
（但し、他社の審査結果待ちの原稿は厳禁です）
☆あきらかな規定違反は評価の対象外となります。
●簡単な批評、コメントをお送りします。
☆希望の方は、80円切手を貼った返信用封筒を同封してください。
☆結果送付は、都合上４カ月程かかります。ご了承ください。

※直接の持ち込みはお断りします。郵送もしくは宅配便でお送り下さい。

宛 先 （〒144-0052）東京都大田区蒲田５－２９－６－８Ｆ
リーフ出版・原稿募集係

（封筒の表・左下に赤字で『小説部門』『イラスト部門』と明記してください）

あなたの夢をかなえてください！

＜小説部門＞

■原則として、ワープロ原稿。
■原稿サイズ〈B5・タテ〉使用。
■43字×16行で210ページ前後。
（誤差は３ページ程度におさめてください）
■印字はタテ打ち。字間・行間は読みやすく取ってください。
（字間より行間を広く取ると、読みやすいです）
■最低でも３回、ご自分で校正してからお送りください。

＜イラスト部門＞

■原稿サイズ：A4・タテヨコ自由
（基準枠線 天地257×左右162mm）
■コピーで結構です（カラーはカラーコピー）。必ずA4に統一。
（返却できませんが、それでよければ原稿をお送りください）
■３点１組で投稿してください。
①当社ノベルズの既存キャラクター〈モノクロ×１点〉
※裏面に、ノベルズタイトルと選んだ頁、キャラクター名を明記。
②オリジナルキャラクター〈モノクロ×１点〉
③オリジナルキャラクター〈カラー×１点〉
■左下に、ナンバーを記入してください。
■綴じ方として、〈１枚目〉に、応募カード（コピー可）添付。
〈２枚目〉から、イラスト原稿、①②③。
■背景なども、審査の基準になります。丁寧に描いてください。

◇ご質問等はリーフ出版編集部までお問い合わせください◇
TEL：０３－５４８０－０２３１（月～金・10：00～18：00）
※直接の持ち込みはお断りします。郵送もしくは宅配便でお送りください。

リーフ出版・投稿作品応募カード

タイトル	フリガナ ※イラスト部門の方は、既存キャラクターの登場するノベルズ名を明記						
氏名	フリガナ	PN	フリガナ	年齢	歳	男 女	
住所	フリガナ （〒　　－　　　） 都道府県						
TEL	（　　）　－	FAX	（　　）　－	職業			
備考	〈同人誌歴・投稿歴・質問等〉				あなたの投稿作品に対する批評・コメントを希望 する・しない （どちらかに丸をつけてください） ※希望する場合は、80円切手付返信用封筒が必要です。		

◆宛先◆　〒144-0052　東京都大田区蒲田5-29-6とみん蒲田ビル8F　リーフ出版編集部まで

リーフノベルズをお買い上げいただき
ありがとうございました。
この本を読んでのご意見、ご感想をお待ちしております。

〒144-0052　東京都大田区蒲田5-29-6
とみん蒲田ビル8F
リーフ出版編集部「橘かおる先生係」
「海老原由里先生係」

ターゲット！

2002年2月15日　初版発行

著　者——橘かおる
発行人——宮澤新一
発行所——株式会社リーフ出版
〒144-0052　東京都大田区蒲田5-29-6
とみん蒲田ビル8F
TEL. 03-5480-0231
FAX. 03-5480-0232
発　売——株式会社星雲社
〒112-0012　東京都文京区大塚3-21-10
TEL. 03-3947-1021
FAX. 03-3947-1617
印　刷——東京書籍印刷株式会社

ISBN4-434-01503-6　C0293